# 식물의 시간

## 서로를 책임지는 느린 존재들의 이야기

안희제 지음

오월의봄

표지 설명*

하얀 배경에 다채로운 식물이 가득하다. 아래에서
시작된 가느다란 줄기가 사방으로 가지를 뻗으며 위로
올라간다. 가늘게 돋아나온 수많은 가지에는 그만큼
작은 연두색·초록색 잎, 빨간색·분홍색·노란색
꽃, 빨간색·주황색 열매가 빽빽이 달려 있다. 위로
올라갈수록 식물들은 조금 더 많아지고, 조금씩 더
커진다. 가지가 끝나는 우측 상단에 "식물의 시간"이라는
제목이, 가지가 시작되는 좌측 하단에는 "서로를 책임지는
느린 존재들의 이야기"라는 부제가, 그 오른쪽에는
기하학적으로 자음이 강조된 "오봄문고"의 로고가 있다.
표지의 우측 중간에 세로로 적힌 "안희제 지음"의 옆에
있는 가지는 끝이 비어 있어, 마치 저자의 이름을 이파리
삼는 듯하다. 책등을 타고 뒤표지로도 이어지는 맞은편의
가지에도 잎과 꽃, 열매가 달려 있다.

* 이 책이 전자책, 오디오북, 대체자료로 제작될 때 표지의 디자인을
전달할 수 있도록 표지 설명을 작성했다. 책 내부 일러스트의
대체텍스트는 전자책, 오디오북, 대체자료에 포함되어 있다.

# 한 서투른 반려인간의 이야기를 시작하며

식물에 관한 책은 많다. 갖가지 식물들의 아름다움과 경이로움을 알려주는 책, 식물 잘 기르는 팁을 가르쳐 주는 책, 식물과 살아가는 일상을 평화롭게 들려주는 책 등등. 이따금 인문학을 동원하여 식물을 탐구하는 책도 찾아볼 수 있다.

식물 기르기에 관한 한 나는 전혀 베테랑이 아니다. 이 글을 쓰는 지금 식물을 기른 지 만 1년이 겨우 넘어가는 초보 중의 초보다. 식물에 관해서는 글자보다 경험으로 공부하는 편을 선호하는데, 경험이 부족하니 지식도 없고 딱 겪은 만큼만 겨우 알고 있는 정도라고 할 수 있을 것 같다.

나는 아픈 사람이다. 크론병이라는 자가면역질환

때문에 다소 성가신 몸으로 살고 있고, 그 성가신 몸은 매일같이 먹는 면역억제제 때문에 다른 사람들보다 조금 약하다. 아프고 약한 몸으로 살다보면 조금씩 몸의 속도가 느려지는 걸 느끼게 된다. 식물과의 일상이 특별한 건 그 때문이다. 내 몸 하나 책임지지 못하는 내가 나 아닌 여러 생명과 삶을 책임질 수 있다는 것(또한 그 책임이 결코 가볍지 않다는 것), 작고 사소하다고 치부되는 삶이 사실은 아주 복잡하다는 것을 나의 반려식물들 덕분에 알게 되었다.

그래서 이 책은 앞서 언급한 종류의 글들과 어딘가 조금씩 어긋나 있다. 식물과 지내는 일상을 담았지만, 그 일상이 늘 평화로운 건 아니다. 약하고 느린 인간으로서 식물에게 이입하게 되는 날들도 있는데, 그럴 때면 평소와는 조금 다른 방식으로 생각하게 된다. 식물과 지내는 일상에서 거창한 인문학적 성찰을 끌어내진 못하지만, 식물과 함께하는 시간이 사람에게 어떤 변화를 가져올 수 있는지 성찰하려고 노력한다.

이 책은 식물에 관한 글이기 이전에 태도에 관한 글이다. 나는 방대한 교과서적 지식을 익히는 대신, 내가 타인을 어떻게 대해야 하는지 배워온 방식으로 식물들에게 접근해보기로 했다. 관계라는 것 자체가 폭력적일 수 있다는 사실을 모르지 않지만, 그럼에도 내 나름대로 치열하게 고민해보려 했다. 반려인간과 반려식물이 어떻게 서로 돕는 관계를 맺을 수 있는지.

그런 이유로 이 글에는 종종 사람 사이의 관계를 다루는 지식이 등장한다. 하지만 그렇다고 해서 식물과 인간이 같다고 말하려는 것은 아니다. 식물과 인간의 다르지 않음을 증명하기보단 다른 사람을 대할 때 요구되는 섬세한 태도를 떠올리며 식물과 관계 맺고 싶었다. 그게 내가 식물과의 관계를 탐구하는 방식이다. 그 관계를 통해 '관계'라는 것 자체를 다시 생각해볼 수 있었다.

EBS 다큐멘터리를 바탕으로 만들어진 《녹색동물》이라는 책은 식물이 생존을 위해 물, 햇빛, 낙엽, 곤충, 때로는 동물까지 양분으로 삼는 모습들을 보여주면서 식물이 "동물처럼" 욕망과 의지를 품고 있다고 이야기한다. 실제로 이 책은 종종 식물과 동물을 비교하며, 식물이 비록 동물만큼 뛰어나지는 않더라도 나름의 의사소통을 한다고 분석한다. 이른바 "인간의 시간대가 아니라 식물의 시간대로 들어가보려는 시도"[1]이다.

나는 조금 다르게 접근하고 싶었다. 식물에게서 '동물적인' 특징을 찾아 '식물도 동물'이라고 말하고 싶지 않았다. 애초 식물에게도 있는 특징이라면 그건 결코 '동물'만의 특징이 아닐 것이며, 더 근본적으로 '식물과 동물'이라는 자연스러워 보이는 구분 역시 사람이 안간힘을 써서 꽤 영리하게 만들어냈지만 사실은 여전히 많은 것을 놓치고 있는 하나의 불완전한 지식일 뿐이라는 게 나의 생각이다. 그 책의 귀중한 사례를 식물을 동물이라는 범주에 욱여넣는 데 쓰고 싶지 않았다.

《녹색동물》에서는 식물을 '자연의 신비' 같은 것으로 그리기도 한다. 말하자면 식물을 동물과 구분지으면서도, 그 자체로 자연과 동일시하며 인간 문명에 대립되는 것으로 제시하는 것이다. 그러나 내가 보기에 식물은 우리의 일상 아주 가까이에 있다.

'식물의 시간'을 고민하며 나는 보편타당하고 당연한 것으로 전제된 '인간의 시간'부터 의심하기로 했다. 같은 인간조차 시대와 문화권에 따라 전혀 다른 삶을 살아가고, 각자 가진 신체적, 계급적 조건도 천차만별이다. 결국 모든 인간은 서로 전혀 다른 시간을 살아가는 셈이다. 물론 현실은 녹록지 않다. 자본주의와 생산성의 논리는 균질한 시간을 요구하고, 시계는 점점 더 빨라진다. 더 잽싸게 몸을 움직이라고, 조금이라도 더 짧은 시간 안에 최대치의 효율을 끌어올리라고 강제한다. 내 몸이 과연 이 세계가 종용하는 시간을 견딜 수 있는지 의심하고 또 의심하게 되는 순간들이 수없이 많다.

언젠가 장애인 인권 운동 역사를 기록한 책《차별에 저항하라》에서 "비동시(대)성의 동시성"[2]이라는 사유를 접한 적이 있다. 지하에는 낙후된 점포가, 1층에는 근대적인 의류/전자 상가가, 2층에는 최첨단 업소들이 들어선 1990년대 강남의 건물들을 염두에 둔 분석이었다. 맥락은 조금 다르지만 그 "비동시성의 동시성"이 인간과 식물의 관계에도 존재한다고 생각한다. 특히 생산성의 시계에 맞춰 살아가는 인간과 그렇지 않은 반려식물의 관계에서 말이다.

이 책의 주된 소재는 서울이라는 도시에 있는 남동향의 낡은 빌라에서 살아가는 식물들이다. 이 식물들은 아침잠이 많은 게으른 인간들 탓에 늘 점심 즈음이 되어서야 첫 물을 마신다. 이들은 깊은 숲속이나 정글에 살지도 않고, 빛과 습도가 자동으로 조절되는 거대 농장에서처럼 빠르게 자라나고 가공되지 않는다. 완전히 '자연적'이라고 할 수도, 그렇다고 완전히 '인공화'되었다고 할 수도 없는 조건에서 살아가는 셈이다.

'애매하고 어중간한' 그 식물들과 한 명의 아픈 인

간이 하루하루 어떤 관계를 맺는지 이야기하고 싶었다. 몸이 아파 온갖 고민에 관심을 뻗을 수밖에 없는 인간이 식물과 함께하며 이 세상을 어떻게 다르게 보게 되었는지, 그럼에도 여전히 얼마나 서툴게 살아가는지 털어놓고 싶었다. 식물을 통해 정말이지 별의별 생각을 다 펼칠 수 있다는 것도.

식물을 주제로 에세이를 쓰겠다는 생각을 처음부터 했던 건 아니었다. 오월의봄 임세현 편집자에게 우연히 내가 기르는 식물에 대해 이야기할 기회가 있었는데, 그 이야기를 들은 그가 이 주제로 글을 제안했다. 마침 학교 과제 겸 써두었던 보고서 두어 편이 있어 그걸 토대로 반려식물들과 함께하는 삶을 좀 더 길게 풀어내보기로 했다. 김현미 선생님의 '환경과 문화' 수업에서 '책임'에 대해 고민하며 쓴 보고서, 김항 선생님의 '일본문화연구' 수업에서 분재를 소재로 쓴 보고서 덕택에 용기를 낼 수 있었다.

무엇보다 아빠에게 감사 인사를 전하고 싶다. 아무것도 모르는 나를 처음으로 화훼 단지에 데려가 이것저것 구경시켜주셨다(그게 이 모든 일의 시작이었으니……). 아빠는 나랑 같이 식물들을 돌보며 실수하고, 실패하고, 공부하고, 즐거워하는 친구다. 요즘도 우리는 온갖 씨앗을 심으며 새로운 도전을 계속한다. 서오릉 화훼 단지에 있는 우리의 단골집 '꽃밭에서' 사장님은 아빠와 내가 방문할 때마다 이것저것 살뜰히 알려주신다. 식물을 기르는 데 필요한 지식은 물론, 식물의 아름다움에 대해 깨닫게 해주신 분이다. 먹을 수 있는 식물을 기르자고 이야기하던 엄마도 빼놓을 수 없다. 이 책은 이들과 함께한 모든 경험에 빚지고 있다.

서툴고 어설픈 한 반려인간이 쓴 이 글이 부디 식물과 일상을 보내는 많은 이들에게 가닿았으면 한다. 베테랑들이 읽으면 속 터질 이야기도 있겠지만, 식물을 통해 이 세상을 다르게 이해할 수 있다는 작은 통찰을 함께 나누고 싶다. 어쩌면 아직 설익었기에 가능한 이야기들을 말이다.

1

한 손바닥만큼의 책임

전 세계를 덮친 코로나19로 인해 벌어진 사건들로 가득했던 2020년, 집에서 즐길 새로운 취미를 탐색하던 이들은 식물을 발견했다. 동영상 스트리밍이 더 이상 이들의 흥미를 끌지 못했던 걸까.

코로나19 이전부터 식물 기르기는 꽤 보편적인 취미였다. 아주 깊게 몰두하진 않더라도 누구나 한 번쯤 시도해볼 법한 그런 취미 말이다. 식물을 길러보려다 실패한 이들도, 물을 적게 줘도 된다거나 단순히 귀엽다는 이유로 주저 없이 다육식물을 들었다.

집에 머무르는 시간이 길어지니 인테리어에 관심을 갖는 사람들도 늘었는데, 이 영역에서도 식물을 인테리어에 활용하는 '플랜테리어'*와 '홈가드닝'이 선풍적인 인기를 끌었다. 그렇게 식물들은 코로나19와 함께 우리의 일상 깊은 곳에 들어왔다.

　나는 식물들과 함께 산 지 이제 1년이 조금 넘어가는 초보다. 여전히 실수가 잦고, 여전히 반려식물들에 대해 알아가는 중이다. 전문가가 아니기에 오히려 식물들과 어떻게 관계 맺을 수 있을지 더욱더 고민하게 된다. 말하자면 이 글은 아는 게 별로 없는 한 초보자가 반려식물들과 함께 잘 살아보겠다며 일상을 일궈나가는 과정에 관한 것이다. 그 과정에서 쓰디쓴 실패는 물론 더없는 기쁨도 맛봤다.

　이런 새로운 일상을 경험하며 식물과 나의 관계에 대해 부쩍 더 많이 고민하게 되었다. 식물과의 일상은 삶에 즐거움 하나를 더하는 데 그치지 않는다. 식물과 함께한다는 건 나 역시 식물에게 '반려인간'이 되는 일이자, 때로는 내가 **식물이 되는** 일이다.

---

\* 　식물plant과 인테리어interior의 합성어로, 식물을 활용해 실내를 꾸미는 인테리어 방식을 말한다.

## 서오릉에서 만난 나무

시작은 2019년 가을이었다. 또 감기에 심하게 걸려 일주일쯤 학교를 쉬던 나는 우연히 아빠 손에 이끌려 고양시의 '서오릉'이라는 곳으로 향하게 되었다. 가족 단위 손님이 많은, 고기나 낙지를 파는 큰 식당들이 길가에 줄지어 선 전형적인 서울경기권 교외의 풍경. 하지만 그날 우린 식당에 가지 않았다.

서오릉에는 화훼 단지가 있다. 도로변에 하우스가 연달아 있고, 그 앞에는 꽃과 풀들이 빽빽이 놓여 있다. 평소 나는 꽃이나 풀에 관심을 가져본 일이 없었다. 꽃 선물 주고받는 것도 즐기지 않아 꽃집을 찾을 일이 거의 없었고, 그 흔한 꽃구경조차 가본 적 없었다.

집에서 식물을 길러본 적도 당연히 없었는데, 무엇보다 엄마의 징크스 탓이 컸다. 우리 집엔 엄마가 손만 대면 식물이 죽어나가 식물 들이는 일이 완전히 사라진 역사가 있다. 그 생명력 강하다는 선인장도 말라 죽은 걸 보면 우리 집이(어쩌면 엄마 손이) 사막을 능가하는 환경이었던 건가 싶다.

우리와 달리 할머니는 수십 년째 식물들을 잔뜩 기르고 있다. 창문 앞 공간과 베란다를 전부 화분들이 차지하고 있어 정작 사람이 설 자리가 부족한 지경에 이르렀을 정도다. 키 큰 식물들이 살고 있는 크고 깊은 화분도 꽤 많다.

그중 내가 알아볼 수 있는 거라곤 여태 알로에뿐이지만, 어찌 됐든 할머니가 종류를 가리지 않는다는 것만은 확실하다. 지금껏 나는 할머니가 기르는 식물들을 자세히 들여다보거나 만져본 적도, 식물을 기르는 일에 관해 고민해본 적도 없었다.

그랬던 내가 처음으로 식물에 관심을 갖게 되었다. 아마 그때부터였을 것이다. 식당 주차장 대신 서오릉 화훼 단지 앞에 차를 댄 아빠 손에 이끌려 처음 분재 가게에 들어섰을 때. 꼭 사지 않더라도 취향에 맞는 게 있는지 구경이라도 해보라는 취지였을 테다.

딱 봐도 비싼 걸 살 행색은 아니었는지, 가게 주인은 우리를 건성건성 응대했다. 약간 당혹스러웠지만 진열된 분재들에 금세 마음을 빼앗기고 말았다. 태어나서 처음 보는 종류의 식물들이었다. 산이나 길가에 심긴 나무들을 아주 작게 축소해놓은 듯한, 그러면서도 훨씬 더 정갈하고 예쁜 나무들이었다.

우리를 들은 체도 안 하는 쌀쌀맞은 태도와 비싼 가격 덕에 미련 없이 그 가게를 나올 수 있었다. 우리는 곧바로 옆 가게로 이동했다. '꽃밭에서'라는 간판을 걸고 있는 곳이었다. 친절하게 맞아주신 사장님도 좋았지만, 나무 종류도 훨씬 더 많았다. 가격도 상대적으로 저렴했다. 하지만 아무리 예쁘고 아름답다 한들 작은 나무가 담긴 화분 하나를 몇만 원씩이나 주고 살 순 없는 노릇이었다.

그러다 한 녀석 앞에 멈췄다. 꽤 작은 축에 속하는 내 손바닥보다 더 자그마한 파란색 화분에 담긴 한 그루의 나무였다. 몸집이 작은 만큼 가지들도 가늘었지만, 그래도 어엿한 나무의 모습을 갖추고 있었다. 오므린 손을 위로 뻗은 듯한 가느다란 가지들에 달린 둥글둥글하면서도 끝이 뾰족한 초록색 잎들이 특히 시선을 끌었다. 내 한 손바닥에 다 담길 정도로 아담한 이파리들이었다. 가을이라 그랬는지 군데군데 노란색과 빨간색으로 물든 잎들도 있었다. 세상에, 이 작은 녀석에게 낙엽까지 든다니. 하지만 뜻밖의 비싼 가격이 나를 주저하게 했다.

발길을 옮겨 다른 나무들을 구경했다. 매력 있는 나무들이 차고 넘치는데도 이상하게 아까 본 그 나무가 계속 떠올랐다. 이런 게 소위 반한다는 건가. 내가 이렇게 작은 나무에 빠질 줄은 몰랐는데. 별안간 언젠가 건

축가가 되면 어떻겠냐던 엄마의 제안을 작은 게 좋다며 단칼에 거절한 일이 떠올랐다. 그래, 그림을 제외하면 난 대체로 작은 걸 좋아했지. 그래도 식물을 좋아해본 적은 거의 없었던 것 같다.

다른 나무들을 구경하면서도 머릿속은 온통 그 나무 생각으로 가득했다. 결국 도돌이표처럼 다시 그 앞으로 돌아갔다. '청마삭'이라는 이름을 가진 녀석이었다. 5만 원이라는 가격표가 닳을 만큼 보고 또 보며 갈등하는데, 아빠가 선뜻 그 작은 화분을 안겨주었다. 나한테서 간절함이 잔뜩 묻어났나보다.


## 분재

그렇게 원하는 화분 하나를 얻고 또 다른 가게로 이동했다. 원래 우리의 목적은 방에 둘 공기정화 식물을 사는 것이었다. 아빠는 파키라를 찾았고, 우린 거대한 파키라와 자그마한 청마삭을 각기 품에 안고 집으로 돌아왔다. 괜히 설렜다. 생명력이 강하고 사방으로 덩굴을 친다는 작은 마삭나무, 이 녀석이 내 삶에 들어온 것이다. 학교를 쉬며 아픈 몸을 달래고 있는 와중에 맞이한 반가운 손님이었다.

애초 물을 많이 줄 필요가 없는 데다 일반적인 흙에 심겨 물을 오래 머금고 있는 파키라와 달리 청마삭은 물을 자주 주어야 했다. 보통 분재는 다른 화분보다 물이 훨씬 더 잘 빠지도록 설계되어 있다. 단지 기르는 것만이 아니라, 아름다운 모습을 연출하고 유지하는 것이 중요하기 때문이다. 그래서 분재는 탁월한 배수가 필수다. 물이 밑으로 전부 빠지는 구조라 매일같이 물을 줘야 한다. 흙이 물을 잘 머금고 풍부한 영양소를 담게 되어 식물이 빠르게 자라는 것을 방지하기 위함이다. 그래야 지금의 모습을 잃지 않는다.

분재는 '분에 심음'이라는 말뜻 그대로 식물을 화분에 옮겨 심는 행위를 가리켰으나, 문화예술의 한 가지 양식으로 발전하면서 식물과 화분의 미적 조화를 따지고, 식물을 특정 규칙과 기준에 맞춰 변형하는 일까지 포함하게 되었다. 이렇게 분재 과정을 거친 나무와 화분을 그 자체로 분재라고 부르기도 한다.

식물을 화분에 옮겨 심는 일은 꽤 긴 역사를 지니고 있다. 분재라는 형식은 아주 오랜 옛날부터 존재했는데, 적어도 4000년 전 고대 이집트, 기원전 1000년 인도, 그리고 한韓 왕조까지 역사를 거슬러 올라간다.

일본에서도 대략 10세기 후반에 시작되었다고 한다.[3]

분재를 만들려면 우선 원래의 토양에서 나무를 뿌리째 뽑아 작은 화분에 옮겨야 한다. 옮길 때 핵심은 나무가 자연에 있을 때만큼 왕성히 자라지 못하도록 하는 것이다. 이를 위해 화분을 가능한 한 작게 만들어 뿌리의 확장을 막고, 영양분이 없고 물이 잘 빠지는 자갈을 사용해서 성장을 제한한다.

성장을 제한하는 건 나무의 모습을 원하는 대로 유지하기 위해서다. 실제로 사람들은 '정면'을 정해두고 분재를 감상한다. 그림을 감상하는 것과 꼭 같은 이치다. 정면은 가지와 줄기의 모양과 위치를 종합적으로 따져본 뒤에 정한다.

나무에 철사를 감아 모양을 만드는 '철사걸이', 여기에 맞지 않는 줄기와 가지를 잘라내는 전정剪定 등은 원하는 모양을 연출하기 위해 나무를 미용하는 대표적인 방법이다.

분재를 예술작품으로 향유하는 이들도 많다. 살아 있는 나무를 자신이 원하는 모습으로 다듬고 가공해 제작하는 하나의 작품인 셈이다. 또한 분재는 종종 부의 상징으로 제시된다. 드라마나 영화에서도 거대 기업의 회장 또는 사장의 방에는 꼭 값비싼 소나무나 향나무 분재가 놓여 있다. 내가 사지 못할 뿐, 백만 원, 천만 원을 훌쩍 넘는 초고가의 분재도 왕왕 있다.

분재만큼 세심한 관리를 요하는 취미 활동이 또 있을까? 그래서 흔히 경제적으로나 심리적으로 여유가 있는 사람이 길러야 한다고들 한다. 그러고 보면 그때 내가 과연 무슨 생각으로 덜컥 분재를 들인 건지. 그런 용기는 대체 어디서 나왔을까.

나는 그저 작은 나무에 홀려 별생각 없이 시작한 초짜에 불과했으니……


## 한 손바닥만큼의 책임

분재는 내 작은 원예의 시작이었다. 기르는 데 큰 어려움은 없었지만, 어떻게 해야 할지 몰라 종종 불안했다. 3~4일에 한 번 혹은 일주일에 두 번 정도 물을 주라는 안내는 특히나 혼란스러웠다.

달력에 물 주는 날을 일일이 표시해야 하나 걱정하기도 하고, 정해진 날에 딱 맞춰 주지 못할 때면 뿌리가 썩거나 말라 죽진 않을까 두려움에 떨었다. 그래도 분재는 하루도 거르지 않고 주기만 하면 되니 오히려

편한 부분도 있다. 이런저런 조건을 따질 것 없이 매일 주기만 하자. 아침마다 꼭 물을 주고 학교에 가자.

하지만 한편으론 매일같이 물을 주어야 할 정도로 물이 잘 빠진다는 것이 불안하게 느껴졌다. 아주 조금의 변화도 두려웠던 걸까. 처음 키우는 나무여서 그랬는지, 작고 귀여운 나무에 애착이 커서 그랬는지. 가을에 잎이 지는 건 당연한데도, 나뭇잎이 떨어질 때마다 걱정이 밀려왔다.

안 그래도 볕이 충분히 들지 않는 집인데, 물 조절이나 환기를 제대로 못한 건 아닐까? 아침에 일어나자마자 나무를 살피고, 물을 주고, 집에 오면 곧장 나무에게 달려가는 나날이었다. 겨우 손바닥만 한 나무 하나 돌보는 일인데도 생활의 리듬을 완전히 바꿔야 했다.

그렇게 조금씩 마삭나무에 물을 주며 지내는 일상에 익숙해졌다. 아빠와 나의 발걸음은 점점 더 자주 화훼 단지를 향했다. 분재를 구경할 때면 늘 구경만 하자고 마음먹었으나……

택도 없는 소리. 분재들을 보고 있으면 지갑과 우리은행 원터치뱅킹이 저절로 열렸다. 분재도 분재였지만, '꽃밭에서' 사장님이 너무 친절해서 무엇 하나라도 사지 않고는 나갈 수 없었다. 열 개도 넘는 화분을 하나

하나 자세히 설명해준 사람에게 '음, 다음에 고민해볼게요'라고 말하기란 얼마나 어려운가! 함박웃음을 지으며 기어코 분재 하나를 품에 안고 나올 때마다 결심했다.

'이번이 마지막이야.'

택도 없는 소리.

엄마가 경악하며 "또 사왔어?"라고 여섯 차례 정도 물을 때까지 저 결심은 반복됐다. 아빠와 내가 분재를 사올 때마다 엄마는 차라리 먹을 수 있는 식물을 키우자고 했다. 하지만 그때만 해도 채소나 허브에는 어쩐지 별로 눈길이 가지 않았다.

우리는 주로 1~2만 원 정도의 저렴한 분재를 구매했다. 아주 가끔 사는 5만 원대의 분재는 어쩌다 한 번 있을까 말까 한 큰 사치였다. 얼마나 자주 드나들었던지 사장님과도 부쩍 가까워졌다. 식물을 기르는 데 도움이 되는 지식을 아낌없이 나눠주시는 것도 모자라 할인과 서비스도 듬뿍 해주셨다. 그렇게 아빠와 나는 그 집 단골이 되었고, 처음으로 취미라는 걸 공유하는 사이가 되었다.

새로운 취미가 생겼다는 기쁨도 있었지만, 그만큼 이런저런 부담도 늘었다. 금전 지출은 둘째 치더라도 책임지고 신경 써야 할 생명이 늘었다. 하루라도 실수하면 나무가 죽어버릴지도 모른다는 초보의 두려움도 날로 커져갔다.

하루하루 벌벌 떨며 물을 주고, 아침저녁으로 식물들과 흙의 상태를 확인하면서 나는 점점 내가 정말 작은 존재라고 생각하게 되었다.

**'어쩌면 내가 책임질 수 있는 영역은 겨우 한 손바닥만큼일지도 몰라.'**

2

식물의 시간, 나의 시간

## 식물의 시간

집에서 하는 원예는 작디작은 생명을 어렵게 책임 지는 일이었다. 적어도 나에겐 그랬다. 당시 나는 작은 원예가 식물의 시간을 억지로 바꾸는 대규모 농장과 퍽 다르다고 생각했다.

대규모 농장에서는 '조온습'(조명, 온도, 습도)을 조절하는 방식으로 식물을 속여 빠르게 길러내기도 한다. 식물용 LED를 사용하는 이들도 있지만, 이런 작은 원예에서는 인간이 제어할 수 없는 것이 훨씬 더 많다.

작은 원예는 정해진 매뉴얼이라고 할 만한 게 따로 없다. 식물과 흙의 상태를 관찰하고 알아가며 식물의 생애가 어떻게 진행되는지 가늠해보거나, 내가 제대로 하고 있는지 안절부절 걱정하는 일이 대부분이랄까. 식물이 보내는 미묘한 신호를 감지하기 위해서는 섬세한 관심을 기울여야 한다.

사실상 관찰이 불가능한 경우도 많다. 씨앗이나 잘린 가지를 심을 때 식물이 잘 자라는지 확인하는 최선의 방법은 단연 직접 흙을 파서 뿌리가 얼마나 뻗었는지 확인하는 것이다. 그러나 섣불리 흙을 파면 식물이 환경에 적응하지 못하고 죽을 수도 있다. 내가 레몬 씨앗을 심고도 싹이 잘 자라고 있는지 확인할 수 없었던 것도 그래서였다.

그렇게 나는 식물에게 굴복했다. 식물과 함께 살기 위해 나는 식물의 시간과 리듬을 익히는 방편을 선택했다. 반려식물과의 동거는 반려동물과의 그것만큼이나 까다롭고 어렵다. 흔히 식물은 물만 잘 주면 된다고 생각하는 이들이 있는데, 결코 그렇지 않다. 물 주기를 최우선으로 하는 일상을 꾸리는 것만 해도 품이 적잖이 드니.

식물과의 일상이 어느덧 안정기에 접어들면 이내 새로운 시간 감각이 생긴다. 평소 우리의 시간은 아주 촘촘하게 분절되어 있다. '50분 수업, 10분 휴식'의 반복으로 굴러가는 학교 생활, '9시 출근, 12시부터 1시간 식사, 17시 퇴근'의 무한 반복인 직장의 시간만 해도 그렇다. 이뿐만이 아니다. 지극히 사적인 일상 역시 버스 도착까지 2분, 지하철을 놓치게 만든 10초, (마치 5분처럼 길게 느껴지는) 유튜브 광고 5초와 같은 시간들이 지배한다. 우리가 늘 급하고 바쁜 건 그런 빈틈없는 시간 구획 때문인지도 모르겠다.

그러나 식물의 시간은 전혀 다르다. 씨앗이 발아하고 새싹이 돋아나는 때를 그 누구도 정확히 예측할 수 없고, 가을에 심어 봄에 날 싹을 기다려야 하는 경우도 있다. 게임할 땐 돈을 내고 시간을 단축할 수라도 있지만, 식물의 성장은 있는 돈을 다 쓴다 한들 마음대로 조절할 수 있는 게 아니다. 값비싼 영양제조차 잘 선택하고 흙과 화분에 따라 조절해서 줘야 한다.

5초를 못 기다려 '광고 건너뛰기' 버튼이 뜨기 전부터 화면을 눌러대는 나에게는 불투명하고 느긋한 식물의 시간에 적응하는 것이야말로 가장 큰 숙제였다.


## 나의 온기, 식물의 추위

우리 집의 실내 환경을 제대로 파악하기 시작한 건 식물들과 함께 처음으로 겨울을 맞았을 때였다. 집에 베란다가 있긴 하지만 막상 식물을 둘 자리는 마땅치 않다. 빨래도 널어야 하고 짐도 한가득이다. 그래서 우린 식물들을 대체로 거실에 놓는다(일부는 내 방에서 기르기도 하지만).

무지한 나 자신과 줄곧 마주해야 했던 그 겨울은 무척이나 혹독한 계절이었다. 아무것도 모른 채로 무작정 일부터 벌인 스스로가 원망스럽기까지 했다. 초겨울까지만 해도 별문제 없었던 흙부터 아주 빠르게 마르기 시작했다. 물을 어떻게 주어야 할지 가늠이 되지 않았다. 게다가 몇몇 나무의 상태가 급격히 나빠졌다. 잎이 말라 떨어지고 가지는 탄성을 잃고 부러졌다.

결국 시들시들해진 아이들을 데리고 서오릉 사장님을 찾아갔다. 사장님은 너무 건조한 환경이 문제라고 했다. 겨울이라는 계절 자체보다 난방의 영향이 크다는 것. 허리 높이의 책상 위에 있는 식물도 난방의 영향을 받을 수 있다는 뻔한 사실을 나는 전혀 몰랐다.

그렇다고 해서 난방을 중단할 순 없었다. 엄마와 나는 추위를 많이 타는 편이다. 엄마는 꽤 오래전부터 몸 상태가 좋지 않았고, 나는 2014년 크론병 진단을 받은 후부터 줄곧 약한 몸으로 살아가고 있다. 약의 부작용이나 인과관계를 정확히 알 순 없지만, 면역억제제에 익숙해진 몸과 수술과 면역억제제 복용 이후 줄어든 운동량이 체력 부진의 주원인이 아닐까 짐작한다. 부쩍 추위를 많이 타기 시작한 것도 그때쯤이었던 것 같다.


## 두부 상자


난방 상태를 유지하며 반려식물들과 살아갈 방법을 고민하는 내게 사장님은 두부 상자를 이용하는 방법을 알려주셨다.

시장이나 슈퍼에 흔히 있는 초록색이나 노란색의 널따란 플라스틱 상자. 구멍이 숭숭 뚫린 그 상자에 두부 대신 흙을 채우고, 그 위에 화분을 올려두면 습도를 맞출 수 있다고 했다.

사장님이 나눠주신 두부 상자에 비닐을 깔아 구멍을 막고, 흡사 자갈과도 같은 마사토를 가득 채웠다. 그 위에 화분을 올려 물을 주니 화분에서 빠진 물이 마사토에 스몄다. 젖은 흙이 깔려 있어 화분이 쉽게 마르지 않았다. 높은 화분에 담긴 작은 나무는 하루에도 몇 번씩 물을 주었는데도 결국 말라 죽었지만, 보통 높이의 작은 화분들에는 확실히 효과가 있었다.

하지만 상자 하나로 그 많은 화분을 감당하기에는 역부족이었다. 두부 상자를 몇 개 더 살 참으로 온라인 쇼핑몰을 뒤지는데, 열 개 단위로만 파는 데다 부피가 큰 탓인지 개당 가격에 비해 택배비가 꽤 비쌌다. 다른 방법을 찾아야 했다.

처음 보는 이들에게 말을 걸기 어려워하는 탓에 동네에 아는 사람 하나 없는 나와 달리 아빠는 사람들과 쉽게 친해진다. 그 친분을 이용해서 한 단골 슈퍼 사장님께 두부 상자를 구할 수 있을지 물었으나, 불행히도 그리 간단한 일이 아니었다. 두부 상자는 슈퍼가 아니라 물건을 공급하는 쪽에서 배달할 때 사용하는 것이라 했다. 우리는 프랜차이즈 빵집과 편의점 앞에 쌓여 있는 플라스틱 상자를 보며 입맛만 다셨다.

그러던 어느 날 화분을 전문으로 취급한다는 가게를 우연히 찾아 들어가게 됐다. 그렇게 찾아 헤매던 두부 상자가 거기 떡하니 있는 게 아닌가. 넓고 적당히 깊은 검은색 플라스틱 상자들이 아주 제격이었다. 개당 3천 원씩 내고 주저 없이 두 개를 마련해왔다. 이게 웬 횡재람. 플라스틱 상자를 고이 안고 돌아와 비닐과 마사토를 깔았다.

계절과 난방 때문에 건조함에 시달리던 식물들이

한결 쾌적한 환경을 얻은 것 같아 뿌듯했다. 분재들의 상태가 좋아지니 나도 겁 없이 여유가 생겼다.

**'이 정도면 좀 더 데려와도 괜찮지 않을까?'**

## 식물과의 일상

식물의 자그마한 변화에도 벌벌 떨던 몇 달이 지나자 어느새 식물과 지내는 일상에 제법 익숙해졌다. 일어나 세수도 하기 전에 식물에 물부터 주는 일이 그야말로 '모닝 루틴'이 됐다.

하지만 분재 관리에 있어선 지금도 종종 골머리를 앓는다. 애초 분재 자체가 식물을 길러내기보다 미용의 대상으로 삼는 일이다. 일정한 모양을 유지하기 위해 꾸준히 잎과 가지를 잘라주는 것은 기본 중의 기본. 뿌리가 화분을 가득 메우는 지경이 되어도 더 큰 화분으로 옮기기는커녕 뿌리를 전부 잘라내고 다시 작은 화분에 담는 일이 바로 분재인 것이다.

그래서 분재의 '분갈이'는 다른 식물들의 분갈이와 다르다. 뿌리가 뻗을 공간을 마련하는 일보다 원상복구 내지는 현상유지에 공을 들여야 한다. 아빠와 나는 지금도 이 방식을 잘 받아들이지 못한다. 때가 되면 식물들을 서오릉 사장님에게 데려가 분갈이를 맡기기도 하고, 방법을 배워 혼자서 분갈이를 시도한 적도 있지만, 확실히 우린 분재에서조차 새잎이 돋아나고 가지가 길어지는 모습을 더 좋아한다. 정교하고 아름답게 가꿔진 분재보다 그저 식물이 자라는 걸 보고픈 마음에 언젠가부터는 일부러 뿌리를 자르지 않았다.

그러자 분재는 슬프게도 처음의 아름다움을 잃어갔다. 자라나는 모습 그대로 사랑하고 싶었는데. 정해진 방식으로 분재를 바라보아야 한다는 게 이미 몸에 익어버린 걸까. 아름다움만 잃는 거라면 상관없었지만, 생명도 위험했다. 비좁은 화분에 갇혀 길게 뿌리를 뻗지도, 흙에 양분이 없으니 늘어나는 가지와 잎을 감당하지도 못했다.

피라칸사스도 잘 자라는 것을 그대로 두었더니 잎이 하나둘 갈색으로 변하며 떨어지기 시작했다. 원래 있던 잎들도 시드는 듯해 할 수 없이 새로 생긴 가지를 전부 잘라냈다. 며칠 뒤 피라칸사스는 언제 그랬냐는 듯 초록빛 기운을 되찾았다.

지금에 와 돌이켜보면 식물을 아예 다른 흙과 화분에 옮겨주면 될 일이었다. 하지만 그땐 그러지 못했다. 그냥 식물이 아니라 분재니까. 무엇보다 화분과 이미 한 몸이 된 분재를 다른 곳에 옮겨 심는 건 상상하기 어려운 일이다.


## 꽃의 향기


서오릉 사장님의 가게를 방문할 때면 나는 늘 마삭이나 대가 굵거나 뿌리가 보이는 분재들을 구경했다. 나무 종류에 따라 다르지만, 대가 굵은 건 보통 꽤 오래된 나무, 즉 '나이목'이다. 뿌리가 보이는 나무(근상根狀)는 훨씬 더 비싸다. 그런 분재들은 침 흘리며 구경만 할 뿐이었다.

아빠의 취향은 조금 달랐다. 사실 아빠의 취향에 대해서는 지금도 잘 모른다. 아무튼 아빠는 내가 좋아하는 나무들엔 별 관심이 없는 게 분명했다. 아빠가 고른 건 흔히 호랑가시나무라 불리는 은목서였다. 꽤 큰 몸집을 자랑하는데도 다른 분재에 비해 저렴하다는 게 마음에 들었던 모양이다.

듬직한 크기에 가지가 사방으로 뻗은 멋진 나무였지만, 아빠가 은목서를 고른 진짜 이유는 따로 있었다.

다름 아닌 향기. 아주 강한 향이 계속 내 코를 자극하기에 주위를 둘러보니 은목서가 있었다. 그 향기에 취해 아빠는 결국 은목서를 데려왔다.

분재의 가장 큰 골칫거리 중 하나는 나무와 함께 딸려오는 무거운 화분이다. 은목서 화분도 생각보다 크고 무거웠다. 사장님이 손질해주신 덕에 가지가 짧아지고 이파리 수도 줄었지만, 무게와 몸집만큼은 통제 밖이었다. 집에 분재가 들어찰 대로 들어차 마땅한 자리도 없었다.

창가 화분들의 배치를 바꿔 가까스로 공간을 마련했다. 꽤 힘든 작업이었지만 막상 창가에 놓으니 실내 분위기가 확 달라졌다. 특유의 진한 향도 사방으로 퍼져 근처에 있는 식물들까지 같은 향기로 물들일 정도였다. 일 년에 며칠 못 만나는 귀한 향기가 우리 집 전체를 휘감았다.


## 풀의 향기

허브는 자라는 걸 지켜보는 즐거움을 선사해준 기특하고 고마운 식물이다. 파키라도 잘 자랐지만, 워낙 몸집이 커 매일의 변화가 뚜렷하진 않았다. 하지만 바질과 로즈메리는 하루가 다르게 쑥쑥 자라더니 금세 모양이 변했다. 분재와 달리 영양분이 많은 배양토를 사용할 수 있다는 것도 큰 장점이었다. 일단 자리 잡으면 따로 영양제를 주지 않아도 무럭무럭 자란다.

사실 로즈메리는 내게 쓰디쓴 실패의 기억을 안겨 준 식물이기도 하다. 그렇게 튼튼하다는 로즈메리가 죽게 된 건 로즈메리의 시간에 대해 알지 못한 내 탓이다. 분재에 사용하는 흙과 다르게 배양토에는 물을 자주 줄 필요가 없었는데, 오히려 그게 더 어려웠다. 며칠에 한 번씩 줘야 하는지, 얼마나 줘야 하는지 도통 감이 오지 않았다.

분재는 주는 족족 물이 빠져나가는 방식이라 많이 줘도 걱정이 없지만, 배양토는 물을 주면 주는 대로 촉촉하게 머금는다. 그래서 물을 너무 자주 주게 되면 지나친 습기 때문에 뿌리가 썩어 식물이 죽을 수 있다. 그렇다고 너무 부족하게 주면 말라 죽는다.

나로 말할 것 같으면 과습을 걱정하다 로즈메리를 말라 죽게 한 케이스다. 정확한 사실관계야 모르지만, 원래 로즈메리는 바닷가 근처에 사는 식물이라 물과 햇빛을 좋아한다나. 다행히 새 로즈메리는 물을 듬뿍 마시며 무럭무럭 빠르게 자라났고, 향도 대단했다. 바질은 말할 것도 없었다.

분재는 꽃을 피우지 않는 것들이 대부분이었다. 꽃을 피운 것 중에서도 향기가 나는 건 천리향과 호랑가시나무뿐. 그마저도 핀 꽃이 오래가지 않아 거의 향을 맡을 수 없었다.

로즈메리와 바질은 옆에 있는 화분에 물을 주다 손이 스치기만 해도 향이 한껏 묻어난다. 요리에 쓰려고 잎을 뜯으면 손을 아무리 씻어도 몇 시간이고 손에 향이 배어 있다. 향기는 그저 맡거나 먹기에만 좋은 게 아니다. 잘 자라는 식물에게선 강하고 좋은 향이 난다. 창가에서 은은히 풍겨오는 향이 꼭 내가 점점 더 나은 반려인간이 되고 있다고 말해주는 것만 같았다.


## 채도와 명도

향기만큼이나 심신을 안정시켜주고 설렘을 안겨주는 것이 또 있으니, 막 돋아나기 시작하는 연한 잎이 그렇다. 갓 돋아난 잎이 얼마나 연한지 피라칸사스 덕택에 알게 됐다.

피라칸사스는 빨갛고 작은 열매를 맺는 나무다. 굵은 줄기와 열매가 마음에 들어 온라인으로 주문했다. 열매가 달려 있을 때 샀으니, 아마 10월과 11월 사이였을 것이다. 가을에서 겨울 사이 열매를 맺고 겨우내 열매를 달고 사는 모습이 꼭 크리스마스트리를 연상케 한다. 길고 넓은 타원형으로 생긴 짙은 초록색 잎이 꽤 단단했고, 잎끝은 완만하게 아래로 휘어 있었다.

튼튼하고 잘 자라는 식물이라기에 마음놓고 지낸 것도 잠시, 어느 순간 열매 표면에 주름이 지고 색도 검게 변하는 것이 아닌가. 그렇게 다른 열매도 쭈글쭈글해지더니 하나둘 천천히 떨어졌다. 가슴이 두근두근했지만 아마도 때가 된 것 같았다. 겨울도 끝나가는 마당에 열매가 떨어질 때도 됐지.

봄이 오자 피라칸사스는 어마어마한 속도로 새로운 잎을 틔워냈다. 매일 아침 일어나 나무를 확인할 때면 사방에서 갓 돋아난 작은 연둣빛 잎이 인사를 건넸다. 자라고 있던 잎들은 순식간에 짙어져 진한 초록빛으로 물들어갔다.

연둣빛 잎은 나무가 살아 있다는 증거, 그것도 튼튼하게 잘 자라고 있다는 증거였다. 여전히 서투르고 어설프지만 나름대로 좋은 반려인간이 되고 있는 것 같은 기분이 들어 조금 으쓱해졌다. 어찌나 얇고 연한지 잘못 건드리면 찢어질 것 같은 그 어린잎들에 점점 매료되었다.

문득 중학생 때의 체육 시간이 떠올랐다. 친구들 사이에서 축구가 한창 인기 종목으로 떠오를 때 나는 별다른 역할 없이 그저 열심히 뛰기만 했다. 경기를 뛰지 않고 벤치에 앉아 쉬거나, 운동장 곳곳을 무작정 걸을 때도 많았다. 그날도 어김없이 운동장 한 귀퉁이에 있는 철봉 모랫바닥에 누워 하늘을 바라보고 있었다. 나뭇잎에 여과된 햇볕이 유난히 따뜻하게 감돌고 있었다. 바람에 흔들리는 나뭇가지와 초록색 이파리가 한가득 시야를 메우자 가슴이 벅차올랐다. 태양빛에 흐려진 이파리들은 서로 가볍게 부딪고 긁으며 바람에 나풀거렸다. 아마 그날부터였던 것 같다. 나뭇잎을 뚫고 새어 나오는 그 빛을 사랑하게 된 것이.

3

식물들의 봄

경매

나는 필기구로 온라인 쇼핑의 광활한 세계에 입문했다. 중학생이 되고 나름의 취향이라는 것을 형성할 무렵 더 이상 동네 문방구에 가지 않았다. 그때 습득한 쇼핑의 기술을 요새는 식물 쇼핑에 유감없이 발휘하는 중이다. 서오릉을 시작으로 어느새 '엑스플랜트'와 '심폴'까지 진출했다. 수백수천 개의 식물이 거래되는 온라인 쇼핑몰은 더 다양한 식물을 갈구하는 초심자의 호기심을 충족시키기에 충분했다.

나는 주로 1~3만 원대의 저렴한 분재들을 사 모았는데, 피 같은 지출을 위로하는 귀신같은 핑계가 있었다. 크론병 환자라서 담뱃값이나 술값으로 나가는 돈을 아낀다는 뭐 그런 독특한 계산법이다(약값은 외면하자).

술 별로 못 마시는 것도 억울한데 이런 거라도 맘껏 해 봐야 하지 않겠는가.

그렇게 야금야금 사 모은 식물이 어느새 집을 가득 채웠다. 더 이상 사는 건 무리이니 아이쇼핑으로 허전한 마음을 달래기로 한다. 이젠 즐겨 하던 방치형 모바일 게임보다 '심폴'에 더 많이 드나든다.

그러다 참가한 게 식물 경매였다. 3천 원 안팎의 작은 화분 하나를 경매로 산 게 시작이었다. 경매엔 값싼 분재들도 아주 많다. 천 원~5천 원 선에서 시작하는 나무들을 어찌 그냥 지나치랴.

실시간으로 가격이 오르고 경쟁이 붙는 걸 지켜보는 재미도 꽤 쏠쏠하다. 한번 그 맛을 보게 된 나는 종종 경매를 찾아 나무들을 몇천 원대에 입찰하곤 했다. 낙찰된 적은 거의 없지만, 참가하는 것만으로도 충분히 재미가 있다.

간혹 진짜 마음에 드는 나무를 발견하고 죽기 살기로 달려든 적도 있었으나, 대부분 실패했다. 마감 시간을 연장할 수 있다는 게 큰 함정이었던 것이다. 기껏 마감에 맞춰 가격을 살짝 올려 입찰해두면 마감이 30분 미뤄지고, 다시 따라잡으면 또 미뤄지고…… 이 과정을 몇 번 반복하다 낙찰을 포기했다.

어느 날엔가는 담쟁이덩굴 하나가 눈에 들어왔다. 화분에 담긴 담쟁이덩굴 이파리에 반해 쇼핑몰을 들락날락하던 차에 꽤 저렴한 가격에 올라온 경매를 발견했다. 입찰자는 오로지 나뿐이었지만, 일전에 당한 것을 떠올리며 포기하는 심정으로 최저가에 입찰해두었다.

그런데 웬일로 시간이 지나도 새로운 입찰자가 나타나지 않았다. 마감 시간이 임박했는데도 여전히 내가 1등이었다. 그렇게 생애 처음 '낙찰' 딱지를 받았다. 사람 심사가 참 간사한 것이, 막상 돈을 내려니 썩 내키지 않았다. 별 기대 없이 가벼운 마음으로 시작한 거라 어쩐지 조금 허무한 기분까지 들었지만, 그래도 기왕 산 것 좋은 쪽으로 생각하기로 했다.

이 담쟁이랑 나는 운명이겠거니…….


## 담쟁이

그렇게 식구가 또 하나 늘었다. 담쟁이는 높고 호리호리한 갈색 도자기 화분에 담겨 도착했다. 자갈로 채워진 화분 중앙에 이파리 하나 없는 앙상한 작은 나무가 덩그러니 꽂혀 있었다.

담쟁이가 그저 덩굴인 줄로만 알았는데 아니었다. 화분에 꽂혀 있는 모양새를 보니 어엿한 한 그루 나무다. 도톰한 연갈색의 줄기는 하늘을 향해 양팔을 뻗고 있는 듯했다.

하지만 이 나무가 죽었는지 살았는지 도통 알 길이 없었다. 원래 담쟁이는 겨울이 되면 이파리를 모두 떨군다. 안쓰러울 만큼 앙상한 담쟁이를 보며 봄이 오면 기필코 새순을 틔워주리라 다짐했다.

분재의 핵심은 나무의 뿌리가 흔들리지 않고 화분에 잘 자리 잡을 수 있도록 철사로 고정해주는 데 있다. 보통의 흙에 나무를 심는 일과는 많이 다르다. 주로 화분 바닥에 있는 배수 구멍에 플라스틱 망을 깔고, 그 망에 가는 철사를 끼워 식물을 고정한다.

경매로 산 이 담쟁이는 애초 전혀 고정되지 않은 채로 배달됐다. 당황스러웠지만 최저가 입찰이었음을 떠올리면 이해가 안 되는 것도 아니었다. 집에 있던 여분의 철사를 꺼내 뿌리를 화분에 잘 고정하고선 햇빛을 듬뿍 받게 해주고픈 마음을 담아 창가에 두었다.

'이번 겨울 함께 잘 나보자.'

지금 생각해보면 이파리 하나 없는 담쟁이를 창가에 두는 건 아무짝에도 쓸모없는 일이었다. 그래도 담쟁이는 거기서 아무 말 없이 나를 기다려주었다. 하늘을 향해 팔을 뻗은 그 모습 그대로.


## 담쟁이, 덩굴


봄이 왔다. 피라칸사스가 무시무시한 속도로 연한 잎들을 틔워낼 무렵, 앙상했던 담쟁이가 어느새 피라칸사스를 가뿐히 추월했다. 처음엔 솜털 가득한 작은 초록색 손바닥을 틔워 올리더니, 곧 내 손바닥의 절반 정도 되는 넓이로 키워냈다. 황량하게 텅 비어 있던 팔에도 이파리들이 생겨나더니 하루하루 개수가 늘어났다.

코로나19 때문에 꼼짝도 못하고 집에 갇혀 '넷플릭스 폐인'이 된 나와 달리 담쟁이는 점점 더 싱그럽고 무성하게 자라고 있었다. 앙상했던 뼈대는 언제 그랬냐는 듯 풍성한 덩굴을 뽐냈다.

햇빛을 더 쏘여주려고 담쟁이를 창문 바로 앞까지 끌어왔다. 하지만 정작 담쟁이는 타고 올라갈 벽이 없어 난감해하는 듯했다. 덩굴 곳곳에 있던 투명하고 작은 구 모양의 덩굴손이 시들어 갈빛이 되거나 떨어졌다. 덩굴도 힘을 잃어가고 있었다.

원래대로 이 담쟁이를 분재로 관리할 계획이었다면 덩굴은 중요하지 않았다. 전부 잘라내면 그만이었다. 하지만 내 마음에는 이미 다른 것이 들어와 있었다. 분재를 관리하는 것보다 그저 담쟁이가 쑥쑥 잘 자라기를 간절히 바랐던 것이다. 함께 겨울을 견디며 그새 깊은 정이 들었나보다.

고심 끝에 덩굴을 자르는 대신 자리를 옮기기로 했다. 새 보금자리를 내 방 2층 침대에 마련하기로 하고, 담쟁이를 2층 침상으로 올라가는 계단 옆 창문 근처에 두었다.

그때만 해도 엄청난 일이 시작되리라고는 상상조차 하지 못했다.


## 계단을 내어주다

담쟁이는 곧 계단 옆 벽면에 손을 뻗기 시작하더니, 위로 쑥쑥 뻗어 올라갔다. 바로 옆에 있는 또 다른 벽에도 손을 뻗으려 하길래 황급히 떼어놓았으나 그런다고 문제가 해결되지는 않았다.

어느 날 책상 앞에 앉아 창가 쪽을 바라보는데 무

언가 평소와 다른 느낌이 들었다. 내가 만들어둔 담쟁이의 영역은 계단 옆의 창가 면으로, 책상 앞에선 담쟁이가 보일 리 없다. 계단이 시야를 가리기 때문이다.

그런데 자세히 보니 계단 옆 벽면 위로 푸릇한 작은 이파리가 덩굴의 끄트머리와 함께 삐져나와 있었다. 당황한 나는 창가로 달려가 담쟁이의 상태를 살폈다. 다른 화분들을 돌보느라 잠깐 무심했던 사이 담쟁이가 더 멀리까지 손길을 뻗은 것이었다.

겨우 두 줄기로 뻗어나가던 담쟁이는 무성해진 잎으로 어느새 계단 옆 벽면을 절반 이상 가리고 있었다. 심지어 그걸로도 모자랐는지 아예 계단을 뚫고(?) 올라오려는 것 같았다. 세상에. 나는 삐져나온 부분을 살살 휘어 벽면의 턱 안쪽으로 밀어넣었다.

그 후로도 담쟁이는 성장을 멈추지 않았다. 내가 밀어넣은 그 방향으로 또다시 턱을 타고 계속 자랐다. 멈추지 않고 뻗어오르는 덩굴을 반복해서 밀어 내리다 보니 어느새 벽면 양쪽 끝에서 올라오던 두 줄기가 맨 위의 턱에서 만나기에 이르렀다.

그렇게 담쟁이는 계단과 한 몸이 되었다. 지켜보던 엄마는 이제 이사 가긴 틀렸다며 끌끌 혀를 찼다.

## 나보다 역동적인

몸이 아플 때면 나는 식물들을 보며 위안을 얻곤한다. 식물이 잘 자라는 걸 보는 게 좋기도 하지만, 마음 깊숙한 곳에는 나 역시 저렇게 살고 싶다는 바람이 있다. 분주히 움직이고 여기저기 나다니기보다 꼭 필요한 양분만 섭취하며 한 자리에서 고개를 돌리며 사는 삶 말이다.

하지만 언젠가부터 식물에 대한 감정이 복잡해졌다. 잘 자라는 모습이 뿌듯하면서도 질투가 난다.

그 질투란 이를테면 이런 것이 아닐까 싶다. 나는 "인간은 동물"이며, "움직여야" 살 수 있다고 이야기하는 《당신은 장애를 아는가》[4]의 한 구절을 심심찮게 떠올린다. 여기서 좀 더 나아가 "식물과 같은 일상도 존중받을 수 있는 세상"을 꿈꾼다면 어떨까.[5] 세상에는 사회적 조건이 갖춰지더라도 움직이거나 이동하기 힘든 이들이 있다. 하지만 이들에게도 삶을 온전히 지속할 권리는 있다.

코로나19 때문에 컨디션이 괜찮은 날에도 나가지 못하고 집구석에 처박혀 하루하루 지내다보니, 잘 자라는 담쟁이가 괜스레 밉고 야속하게 느껴질 때가 있다.

나는 이렇게 고립되고 정체되어 있는데, 담쟁이는 쭉쭉 잘도 뻗어나가는구나.

다들 새 가지와 새 이파리 뽐내기에 한창인 때였다. 바질과 로즈메리는 물과 햇빛만 받고도 무럭무럭 자랐고, 평소 잘 자라지 않는 분재들도 봄을 반기듯 새 가지를 자랑했다. 자라난 식물들이 발하는 밝은 푸른빛이 집 전체를 물들였다. 유튜브와 넷플릭스, 방치형 모바일 게임 같은 것들로 하릴없이 시간을 때우는 나와 달리 식물들은 생동하고 있었다.

## 그래도, 봄

아무리 그래도 봄은 봄이었다. 식물이 막 꽃을 피워낸 모습을 보고 있으면 서운한 마음도 언제 그랬냐는 듯 녹아내리기 마련이다.

"그건 꽃이 참 특이하게 핀다." 창가에서 꽃을 보던 엄마가 신기하다는 듯 말했다.

달려가보니 왜철쭉이다. 일본에서 왔다고 해서 왜철쭉이라는 이름으로 불린다.

아빠가 분재를 전문으로 취급하는 블로그를 둘러보다 큰맘 먹고 고른 녀석이다. 아름다운 식물은 경제적으로나 물리적으로 별로 여의치 않은 현실도 외면하게 만드는 힘이 있다. 물론 출금이 완료될 때까지만. 집이 화분으로 빼곡한데 왜철쭉은 또 어디에 두어야 할지 고민이었다. 아무 생각 없이 지르고서는 식물이 도착할 때가 되면 그제야 퍼뜩 정신이 드는 것이다.

왜철쭉은 동네 길목에 핀 철쭉들과 확연히 달랐다. 우리 빌라 화단에 핀 철쭉에 비하면 집에 있는 왜철쭉은 가지가 더 가늘고, 꽃은 더 넓게 활짝 핀 모양새다. 굵고 튼튼한 밑동은 듬직했고, 너덧 개쯤 되는 팔(가지)은 누구든 금방이라도 사뿐히 안아줄 준비가 되어 있는 것 같았다.

엄마가 얘기한 건 꽃의 색깔이었다. 어떤 건 분홍색, 어떤 건 하얀색, 몇몇은 그 둘이 절묘하게 섞인 빛깔을 자랑했다. 나무 하나, 그것도 손바닥 두 개면 다 가려지고도 남는 작은 나무에서 이렇게 다양한 꽃이 피다니. 꽃봉오리도 사방에 달려 있었다. 하나, 둘, 셋, 넷, …… 열 개를 넘게 세다 포기하고 그저 기쁨을 만끽하기로 한다.

'올봄 내내 집에서 꽃을 보겠구나.'

그새 허브들도 쑥쑥 키가 컸고, 분재도 푸른 가지와 이파리를 틔웠다. 그래, 역시 봄 하면 꽃인가보다. 꽃에 별 관심 없던 나도 이러는 걸 보니. 가지가 연필만큼 길게 자라난 바질보다, 이 왜철쭉 꽃 한 송이가 나에게는 더 봄 같았다.


## 금방 진 꽃

그렇다고 모든 꽃이 잘 자라는 건 아니었다.

꽃도 꽃이지만, 사실 나는 나무 모양에만 집중하는 편이다. 하지만 아빠는 나와 달리 꽃과 그 향기까지 세심히 살피곤 한다. 그렇게 분재 탐색이 계속되는 와중에 아빠의 코를 사로잡은 식물이 또 있었으니……

은목서 말고, 동네에 많이 피어 있어 단념한 라일락도 말고 바로 천리향이었다. 꽃의 향이 천 리를 간다는 이름 뜻답게 향이 무척 진하고 좋다. 연보랏빛 꽃이 풍기는 향을 맡고 있으면 꽃을 빻아 향수를 만들고 싶다는 생각이 절로 든다. 은목서 꽃보다는 좀 더 가벼운 향이었지만 내 코에는 충분했다. 아빠는 결국 천리향을 데려왔다. '천 리'까진 아니지만, 인정하지 않을 수 없는 진한 향이었다. 대략 열 걸음쯤까지는 그 향이 유효한 것 같다.

안타깝게도 천리향은 오래 살지 못했다. 언젠가부터 꽃과 이파리에 끼기 시작한 하얀 때 같은 것이 징조였다. 그땐 그저 조금씩 떼어주면 괜찮겠지 싶었다. 처음 살 때부터 조금씩 있었던 것이니 좀 더 지켜보자던 아빠의 말에 안심한 것도 있었다.

그런데 웬걸. 며칠 뒤에 보니 모든 꽃과 대부분의 이파리가 하얗게 썩어 올라와 있는 게 아닌가. 보랏빛과 초록빛은 온데간데없이 사라지고, 울퉁불퉁하고 허여멀건 이끼가 이미 나무를 뒤덮은 후였다. 이유를 알고 싶어 찾아간 서오릉 사장님에게 혼이 났다.

그날 이후로는 흰색의 무언가가 조금이라도 눈에 띄면 집게로 떼버리거나 강한 수압으로 식물을 샤워시킨다. 진즉 그랬어야 했다. 죽은 천리향을 생각하면 아직도 마음이 아프고 죄책감이 든다. 그래도 거기서 포기하고 싶진 않았다. 사장님의 배려로 우리는 새로운 천리향을 맞이할 준비를 했다.

며칠이 지나 다시 찾은 가게엔 꽃 여러 송이를 피운 튼튼한 나무 한 그루가 우리를 기다리고 있었다.


## 알로에

알로에는 나에게 아주 친숙한 식물이다. 묵직한 초록색 페트병에 담긴 알로에 주스부터 그렇게 달콤하고 맛있을 수가 없으니. 알갱이가 씹히는 과일 주스를 좋아하는 내게 알로에 주스는 언제나 꽤 괜찮은 선택지였다. 신빙성 있는 정보인지는 모르겠지만, 알로에는 건강식품으로도 손꼽힌다. 피부에 양보할 필요도 없이 먹고 바르고 다 할 수 있는 식물.

탄산음료에 꽂혀 있던 중고등학교 시절에는 알로에 주스를 딱히 좋아하지 않았다. 특히 고등학교 때는 매점에서 값싼 사이다와 인스턴트 햄버거를 사 먹곤 했다. 알로에 주스를 즐겨 마시게 된 건 대학에 들어와서였다. 사람들과 행사 기획회의 같은 것을 할 때 가장 무난한 선택지가 오렌지 주스나 알로에 주스였던 것이다. 물은 너무 밍밍하고 탄산음료는 과하니까. 교지 편집위원으로 활동할 때는 편집실 냉장고에 늘 알로에 주스를 쟁여둘 정도였다.

그러면서도 알로에를 직접 길러볼 생각은 하지 못했다. 아무렴, 누군들 그런 생각을 할 수 있을까. 알로에를 생각하면 가장 먼저 할머니가 떠오른다. 수많은 식물들에 둘러싸여 있던 할머니 집의 실내 풍경이 지금도 눈에 선하다. 심지어 그 집의 옥상 가장자리는 전부 텃밭이었다.

내가 초등학교에 다닐 무렵, 인천에 살던 할머니 할아버지가 우리 가족이 살던 부천으로 이사를 왔다. 이제 할머니의 집은 아파트가 되었기에 전처럼 식물을 기르지도, 텃밭을 가꿀 수도 없게 되었지만 할머니 손끝에선 여전히 많은 식물들이 자라났다. 이름 모를 초록색의 커다란 풀들이 너른 창으로 들어오는 햇빛을 듬뿍 받으며 쭉쭉 자랐다.

식물에 관심이 없던 그때도 알로에만큼은 알았다.

온갖 미디어가 알로에의 효능을 거의 만병통치약처럼 소개하고, 할머니까지 알로에를 바르거나 먹으라고 권하시니 모를래야 모를 수가. 알로에를 바르면 빠진 머리도 다시 자란다면서 권하신 게 한두 번이 아니었다. 지금도 우리 집 냉장고에는 애매하게 남은 알로에베라 겔 한 통이 있다.

얼마 전 우리 집에는 또 다른 알로에가 들어왔다. 이번엔 겔도 주스도 아닌 진짜 알로에. '탈모엔 역시 알로에'라는 할머니의 조언을 충실히 접수한 아빠가 아예 알로에 화분을 사온 것이다. 약국에서 파는 겔은 효과가 없다나. 우리 집에선 신빙성이 있든 없든 할머니가 시키면 일단 한 번쯤 시도해봐야 한다.

알로에는 정말 거대했다. 끝으로 갈수록 뾰족해지는 두껍고 넓은 잎들이 척박해 보이는 누런 흙 위로 겹겹이 솟아나 있었다. 바깥쪽에 있는 큰 잎들이 이제 막 돋아나는 작은 새잎들을 감쌌다. 할머니의 옛날 집에서도 알로에를 본 적이 있었는데, 그땐 그게 알로에인지 뭔지 딱히 알려고 하지 않았던 것 같다. 알로에 말고도 이파리가 큰 초록색 식물들은 차고 넘쳤으므로.

질긴 비닐 끈으로 묶여 막 도착한 알로에는 그 어떤 것보다 위압적이었다. 아빠는 알로에 잎을 반으로 갈라 냉장고에 보관했다가 잎 안쪽 면에 있는 겔 형태의 투명한 액체를 발랐고, 나도 곧잘 따라 했다. 신기하게도 알로에의 두툼한 잎 안쪽에는 특유의 끈적끈적 액체가 포함되어 있다. 바깥쪽의 거친 껍질 면이 이 희한한 물질을 반달 모양으로 감싸고 있는 모양이다.

요즘도 우린 이따금 알로에를 머리에 문지른다. 잎을 냉장고에 넣어두면 보관하기도 좋지만, 피부에 바를 때도 무척 시원하다. 차가운 잎이 머리에 닿는 그 순간의 상쾌한 느낌이란!

좀 으스스한 일도 있었다. 잎을 보관해둔 밀폐 용기 안에 피를 연상케 하는 빨간 액체가 고여 있었던 것이다. 정체 모를 빨간 물은 자르지 않은 잎에서도 나왔

는데, 끈이 풀린 채 널브러진 잎들 중 하나가 생명력을 잃고 바닥에 늘어져 시뻘건 물을 잔뜩 쏟아냈다. 빨간 물은 금세 바닥에 눌어붙었다. 봉인 해제된 알로에는 언젠가 블록버스터 영화에서 본 듯한 장면을 연상케 했다. 빨간 피를 흘리는 그 모습이 흡사 지구를 침공해오는 괴기스런 외계 생명체와 닮았달까.

알로에를 바르고 나서 머리털이 얼마나 늘었는지는 솔직히 잘 모르겠다. 두피 상태가 좋아졌는지도 딱히 알 수 없지만, 적어도 알로에라는 크고 독특한 식물에 관해서는 조금 더 알게 되었다. 다만, 웬만하면 물을 줘선 안 된다는 사실과 그 소름 끼치는 빨간 물만큼은 여전히 적응이 안 된다.

4

---

바야흐로 플랜테리어?

## 플랜테리어

요즘에는 어떤 카페를 가도 화분 몇 개쯤은 꼭 있다. 친한 사람이 가게나 사무실을 오픈할 때 잘되라는 마음을 담아 화분을 선물하는 것이 오랜 관습이니 별로 생경한 장면은 아니다. 그렇긴 해도 아예 처음부터 식물을 염두에 두고 인테리어를 기획한다는 발상은 좀 새롭다. 오죽하면 '플랜테리어'라는 말까지 나왔을까.

공부방이나 집도 마찬가지다. '오늘의 집'처럼 가구나 인테리어 소품을 취급하는 쇼핑몰이 제공하는 인테리어 예시 사진에도 어김없이 식물이 있다. 인스타그램이나 유튜브를 보고 있으면 '집 꾸미기'의 핵심은 아무래도 조명과 식물인 것 같다. 드라이플라워가 유행하던 때도 있었지만, 요즘은 확실히 살아 있는 식물을 기르는 게 대세인 눈치다.

흥미로운 건 플랜테리어용으로 선호되는 식물이 따로 있다는 것이다. 대부분 물이 별로 필요 없거나, 햇빛을 직접 받지 않아도 잘 자라는 식물들이다. 그래야 집 구석구석 원하는 곳에 배치할 수 있고, 창문이나 커튼, 물받이를 자주 신경 쓰지 않아도 될 테니까. 하지만 궁금하다. 과연 식물도 그곳을 살아가기 괜찮은 환경이라고 느낄지. 내가 볼 땐 그렇지 않은 것 같다.

미관에 대한 인간의 욕심은 식물을 종종 해로운 환경에 몰아넣는다. 식물들과 함께 살며 집 바깥의 식물들도 유심히 살피게 된 요즘, 내 마음을 가장 불편하게 만드는 것은 대로변에 늘어선 가로수들이다. 빛 공해, 소음 공해, 자동차 매연이 극심한 탓에 사람들조차 대로변에 살기를 꺼리는데, 정작 가로수는 그런 환경에 방치되어 있다.

도시 환경이 식물들에게 얼마나 유해한지는 익히 알려진 사실이다. 밝은 가로등 옆에서 장시간 빛을 받는 가로수들은 단풍이 늦어지고 이로 인해 수명도 짧아진다. 소음도 큰 문제다. 자동차 소음에 노출된 배추의 이파리가 뒤틀리고 누렇게 변하면서 성장이 방해받는 것을 보여주는 실험도 있다. 매연도 마찬가지다. 이렇게 대로변의 식물들은 갖가지 공해에 무방비로 노출되어 있다.

　사람 눈에 잘 띄는 곳에 식물을 두고 싶다는 이유로 햇빛이 들지 않는 곳에 화분을 두었다가 식물을 죽이는 일도 비일비재하다. 서오릉 사장님 가게에서 본 잎이 누렇게 변한 청짜보*는 가히 충격적이었다. 청짜보는 아주 느리게 자라지만 쉽게 죽지는 않는 식물이다. 그런 청짜보가 이 지경이 되었다니, 대체 무슨 일이 있었던 걸까? 보아하니 청짜보를 사갔던 사람이 나무 상태가 나빠졌다며 도로 들고 와서 도움을 요청하여 사장님이 살려보려 애쓰는 상황이었다.

　이어진 사장님의 탄식.

　"본인 보기 편하려고 책상 위에 올려놓으니 이렇게 되는 건데……."

　나도 식물을 키우며 번번이 실수를 하지만, 그래

---

*　청짜보의 '짜보'는 일본어로 '땅딸보'라는 뜻이다. 아주 천천히 자란다고 해서 이런 이름이 붙었는데, 엄연히 이름이 있는 여러 종을 생김새가 비슷하다는 이유로 '청짜보'로 묶어 부르는 탓에 다른 명칭을 사용하기 어렵다. 진산회, 연산회, 화백, 편백 등으로 세분화하여 부르면 장애인 비하의 요소가 있는 명칭을 대체하면서도 각기 다른 식물들에게 좀 더 정확한 명칭을 부여할 수 있을 것이다.

도 이것 하나만큼은 잊지 않으려 한다. 식물을 나 보기 편한 데 둔다며 햇빛과 물, 신선한 공기에서 떨어뜨려 놓지는 말자고.

무엇보다 중요한 건 함께 오래오래 살아가는 것이니까.


## 홈가드닝과 식물의 자리

식물의 자리를 정하는 일만큼 식물에 대한 태도를 보여주는 것도 없다. '플랜테리어'와 '홈가드닝'의 차이 역시 그런 태도에서 비롯되는 게 아닐까?

틸란드시아라는 이름을 가진 식물이 있다. 동그란 구 모양에 실같이 가느다란 줄기나 이파리를 가득 늘어뜨리고 있는, 어디선가 한 번쯤은 마주칠 법한 녀석이다. 수염을 가진 수염 틸란드시아도 있다. 공기 중에 있는 수분을 빨아들이고 먼지도 제거해준다고 해서 '공기 정화 식물'로 각광받는다. 흙에 심지 않고 거꾸로 매달아 기르는 '행잉 플랜트hanging plant'여서 관리가 편하고, 시각적으로도 훌륭하다. 햇빛도 많이 쐴 필요가 없어 꼭 창가에 두지 않아도 된다.

우리 집엔 파키라라는 녀석이 있다. 파키라 역시 공기정화 식물로 유명하다. 한때 햇빛이 가득 쏟아지는 가장 좋은 창가 자리를 차지했던 파키라는 저보다 작은 식물들에게 그 자리를 내어준 지 오래다. 햇빛이 잘 들지 않는 자리에서도 꾸준히 새잎을 틔워내는 모습이 참 기특하다. 파키라 덕에 언제 끝날지 모를 기나긴 자가 격리 생활이 조금 덜 외롭게 느껴진다.

이렇게 잘 자라고 있지만 파키라를 볼 때면 어쩐지 미안한 마음이 든다. 터줏대감처럼 창가의 가장 좋은 자리를 누렸던 녀석이 지금은 한참 뒤로 밀려 있으니. 햇빛 가득 쏟아지는 창가에서 은은히 빛나던 파키라의 별명은 '수호신'이었다. 굵은 줄기에서 뻗어나온 튼튼하고 듬직한 가지들과 넓고 견고한 이파리들이 꼭 우리 집을 지켜주는 것만 같았다. 우리 가족 모두가 파키라를 아꼈다.

어쩌면 우리가 파키라의 자리를 너무 손쉽게 옮긴 건 아니었을까.

누군가는 지나치게 예민한 게 아니냐고 되물을지도 모르겠다. 어찌 됐든 안 죽고 잘 자라면 그만 아니냐고. 하지만 '살아 있음' 자체를 의미하는 '생명'과 생명을 가진 존재가 하루하루 지속해나가야 하는 '삶'이란 엄연히 다르다는 것이 나의 생각이다.

존엄한 건 '생명'이 아니라 '삶'일 것이다. '(인간이) 살아 있기에 존엄하다'라는 얼핏 명료해 보이는 좋은 말은 정작 사람들이 어떻게 살아가는지에 대해서는 관심을 두지 않는다. 언젠가 HIV 감염인의 인권 보장을 위해 활동하는 활동가의 인터뷰를 읽은 적이 있다. "제가 2002년 새울터라는 감염인 자조 모임에서 인권이라는 단어를 쓰니까, 그때 그 모임의 참석자들은 저에게 인권은 자신들에게 사치라고 했어요."[6]

흔히 인권은 '인간으로 태어났기에 갖는 천부적인 권리'로 정의된다. 하지만 누군가에게 인권은 '사치'로 여겨진다. 나는 존엄성을 지키기 위해 인권이 꼭 보장되어야 한다고 생각하지만, '존엄하다'는 말에 좀 더 구체적인 맥락을 덧붙여야 할 필요성을 느낀다. 태어났다는 것, 살아 있다는 것만으로 진정 '존엄한' 인간은 없기 때문이다.

"모든 국민은 인간으로서의 존엄과 가치를 가지며, 행복을 추구할 권리를 가진다"라는 대한민국 헌법 제10조의 구절은 우리에게 너무도 익숙하다. 하지만 이 문장의 의미를 설명할 수 있는 사람이 과연 몇이나 될까. '인간으로서의 존엄과 가치'란 대체 무엇인가. 인간이기에 갖는다는 이것들을 헌법에선 이른바 복지와 연관짓는 듯하다. 주로 복지에 대한 국가의 의무를 규정하고 있는 헌법 제34조는 1항은 모든 국민이 "인간다운 생활을 할 권리"를 갖는다고 명시한다.

나는 이 문장에서 인간다움이 생존이 아닌 '생활'에 달려 있다는 사실에 주목한다. 인간답다는 말, 존엄하다는 말은 생존 그 이상의 무엇을 암시한다. 내가 보고 싶은 것은 저 1항의 뒤를 잇는 수많은 세부 조항들이다. 그것들은 마치 내게 존엄이나 인간다움이 원래부터 존재하는 것이 아니라고, 끊임없는 노력과 실천을 통해 만들어지는 것이라고 말해주는 듯하다.

감염인 자조 모임 참가자들의 대답은 바로 그 맥락으로서의 삶에 관해 상기시켜주었다. 생존은 존엄을 논할 수 있도록 하는 최소한의 조건일 뿐이며, 누군가가 존엄하려면 그의 삶에 생존 이상의 무엇이 있어야만 한다는 당연한 사실을 우리는 너무나 자주 잊는다.

식물도 마찬가지 아닐까. 식물을 그저 살려두는 것만으로는 충분치 않다. 식물이 잘 살아갈 수 있도록 조력하기 위해서는 생각보다 많은 품이 필요하다. 식물을 기른다는 것은 결국 단순히 생명이 아니라 삶을 돌보는 일이다. 인간에게 더 나은 삶이 필요하듯, 식물에게도 더 나은 삶이 필요하다.

코로나19의 여파로 실내 생활의 비중이 커진 지금, 식물은 우리의 일상에 더욱 깊숙이 들어와 있다. 나는 이것을 단순한 플랜테리어가 아닌 홈가드닝의 확산으로 본다. 식물을 그저 구경거리나 인테리어의 한 요소로 취급하지 않고, 시간과 노력을 기울여 기르고, 관리하고, 잘 자라게 하려면 무엇이 필요한지 고민하는 이들이 점점 많아지고 있다. 나 역시 (내가 아닌) 다른 존재의 삶에 개입하고 일종의 책임을 다하기 위해 구체적으로 어떤 일들을 해야 하는지 체험하는 중이다. 요즘은 그 체험이 점차 나의 삶이 되어가는 것을 느낀다.

이런 생각을 하며 나는 '디보티devotee'에 관한 김원영의 글을 떠올렸다. 디보티는 장애인에게 성적으로 끌리는 사람을 의미한다. 김원영은 장애인에게 끌린다는 사실 자체보다 장애인의 "신체에서 출발한 그 관심"이 어디로 향하는지에 주목해야 한다고 말한다.

우리는 한 인간의 신체를 그저 성적 대상으로만 바라보거나 거기서 어떤 숭고한 감동을 받는 데서 그칠 수도 있지만, 그 신체를 통해 한 사람의 복잡다단한 역사를 읽어내고 그 사람의 고유한 개별성

을 사랑하는 것으로 나아갈 수도 있다. **시작이 어떻든 말이다.**[7]

나는 그의 말을 식물에게 적용해 이렇게 말하고 싶은 충동을 느낀다.

우리는 한 식물을 그저 인테리어로만 바라보거나 거기서 어떤 감동을 받는 데서 그칠 수도 있지만, 그 식물과의 경험을 통해 나와 다른 시간을 살아가는 존재와의 함께함을 고민하고, 각 식물의 고유한 개별성을 사랑하는 것으로 나아갈 수도 있다. **시작이 어떻든 말이다.**

플랜테리어는 자칫하면 식물의 삶을 인간의 취향을 위한 수단으로 축소할 수도 있다. 식물을 기르며 식물에 관한 글을 쓰는 뮤지션 임이랑은 플랜테리어가 "식물 세계에서 인간 세계에 던진 미끼 같은 것"이라고 이야기한다. 식물 기르기의 실상을 모른 채 일단 식물과 함께 살아보도록 만든 "정말 훌륭한 단어"라는 것이다.[8] 내가 생각하는 '책임'과는 조금 다르지만, 플랜테리어가 식물과 함께할 계기를 마련해준다는 점에는 어느 정도 동의가 된다.

여전히 떨치지 못한 걱정도 있다. 최근 접한 한 연구는 책임에 대해 충분히 생각하지 않고 그저 외로움을 해소하기 위해, 즉 자기만족을 위해 반려동물을 키우기 시작하는 이들이 돈이나 시간 같은 현실적인 제약에 부딪힐 때 반려동물을 유기할 가능성이 크다는 것을 보여준다.[9] 이와 비슷한 이야기를 들려주는 〈Puppies are Forever〉라는 곡도 마음속에 콕 박혔다. 크리스마스 선물로 동물을 주고받는 사람들에게 강아지들은 크리스마스가 끝나도 우리 곁에 남아 있다고 이야기하는 노랫말이 서글프고 가슴 아팠다.

But will you love them when they are old and slow?

하지만 그들이 늙고 느려져도 그들을 사랑할 건가요?

— Sia, 〈Puppies Are Forever〉

이따금 식물을 기르는 일이 얼마나 어렵고 힘든지, 그 무게에 온몸이 짓눌리는 것같이 느껴질 때가 있다. 사실 나는 내 한 몸 제대로 챙기지 못하는 처지다. 하지만 그렇다고 내가 내 삶을 포기하지 않듯, 식물의 삶 또한 쉽게 놓아버리지 않을 것이다. 지금도 나는 자리에서 일어나 창가로 간다. 내가 반려식물들을 어디에 어떤 방향으로 두었는지 다시 좀 살펴봐야겠다.


## 거리의 나무들


이런 고민을 하다보면 어느새 다시 분재로 돌아가게 된다. 식물의 삶보다 인간의 취향을 앞세운다는 점에서 분재는 플랜테리어와 다르지 않다. 인간은 미학을 추구하다는 명목으로 식물의 성장을 억제하고, 식물을 미용한다. 땅에 심으면 훨씬 크게 잘 자랄 수 있는 나무를 두 손바닥 안에 쏙 들어오는 작은 크기로 유지하려 한다. 지금 우리가 흔히 보는 형태의 분재는 중국에서 시작되어 일본에서 크게 발전한 것인데, 이를 처음 본 서양인들이 "식물에 대한 전족"이라거나 "난쟁이가 된 나무dwarfed tree"라는 표현을 썼다고 한다. 분재가 식물에 대한 학대라고 주장한 것이다. 아이들의 의지나 주체성을 꺾고 부모가 원하는 대로 아이를 양육하는 방식을 "분재 만들기"라 칭하며 비판하는 글도 있었다.[10]

나는 이런 주장에 공감하면서도 한동안 분재에 대

한 미련을 놓지 못했다. 하지만 내적 갈등이 날로 심해져 결국 분재 모으는 일을 한동안 멈추게 되었다.

분재를 더 사지 않는다고 해도 이미 있는 아이들은 어쩔까. 죽지 않도록 잎과 가지를 잘라주고 잘 관리해주는 게 최선 아닐까. 화분을 옮겨줄까도 했지만, 그것도 쉽지 않았다. 분재 상태를 유지하는 내내 고민이 끊이지 않았다. 이게 잘하는 짓일까. 어떻게 해야 할까.

한번은 빌라 단지에 사는 나무들이 손질되는 광경을 우연히 목격했다. 나무 다듬는 과정을 그렇게 유심히 관찰한 건 처음이었다. 예전의 나는 식물에 정말 아무런 관심도 없었나보다.

큰 나무들이 '관리'되는 방식은 분재와 별반 다르지 않았다. 나무의 몸집만 조금 다를 뿐. 거대한 가위를 든 아저씨들이 성큼성큼 트럭에서 내리더니 가장 높게 뻗은 중심 줄기를 잘라냈고, 굵은 가지들이 잘 보일 수 있게 잔가지들도 쳐냈다. 작업이 끝난 나무들은 앙상하고 초라했다. 바닥에는 수거되다 만 가지들이 어지럽게 흩어져 있었다.

오랜만에 집 밖으로 나가 버스를 타게 되면 여느 때처럼 차창 너머로 가지가 잘려나간 가로수들이 보였다. 중학교 입학 직전 잠깐 다닌 초등학교 앞 도로변에도 가로수가 줄지어 있었다. 그때 그 나무들은 풍성한 잎과 가지를 자랑했는데…… 그날 달리는 버스 안에서 본 가로수는 위로 뻗은 가지 하나 없이 모조리 잘려 앙상하다 못해 참담한 지경이었다. 잎이라곤 찾아볼 수 없었고, 안 그래도 하얀 줄기는 더 창백해 보였다.

가로수들은 자신의 크기에 걸맞게 뿌리를 뻗을 공간을 갖지 못한다. 아스팔트, 시멘트, 벽돌 등이 사방에서 나무를 옥죄기 때문이다. 공간은 부족한데 몸체는 거대하니 때로 뿌리가 인도까지 뻗어나가 보도블록이 솟아오르는 일도 흔하다. 이런 상황을 해결하기 위해 설치하는 것을 우리는 '가로수 보호틀'이라고 부른다. 하지만 이 보호틀이 보호하는 것은 보행자이지 가로수가 아니다. '보행자 보호틀'이라는 명칭이 좀 더 사실에 가까운 표현일 것이다.

분재만을 문제 삼는 이들을 조금 다른 시선으로 바라보게 되는 건 그 때문이기도 하다. 과연 분재만 문제가 될까. 사람들이 분재를 두고 '문제'라고 말할 때 그 문제는 사실 세상 곳곳에 널려 있다. 분재보다 훨씬 더 폭력적인 형태로 말이다. 내가 수시로 오가는 거리에 늘어선 가로수들만 하더라도 이미 말도 안 되는 환경에서 살고 있다.

## 잘 가, 나의 원숭이 귀신

10년쯤 전이었나, 이화여대 ECC의 독립영화 상영관에서 가족과 함께 태국 감독 아피찻퐁 위라세타쿤의 작품 〈엉클 분미〉를 본 적이 있다. 물론 그건 전혀 나의 선택이 아니었고, 영상 이론을 공부한 엄마가 아무것도 모르는 남편과 아들을 데려간 것이었다.

내용은 잘 기억나지 않지만, 짙은 녹색의 풀숲이 거의 모든 장면의 배경이었다는 것만큼은 지금까지도 선연하다. 이보다 더 강렬하게 뇌리에 박힌 것이 있었으니, 바로 그 숲에 사는 원숭이 귀신monkey ghost이다. 온몸이 검은 털로 뒤덮여 있는 그는 빨간 눈을 가지고 있다. 주인공이 오래전 잃어버린 아들이 원숭이 귀신이 되어 나타났다는데 그 모습이 지금도 이토록 생생하니 참으로 희한한 일이다.

한동안 잊고 지내던 그 원숭이 귀신이 다시 떠오른 건 우리 집 근처에 사는 어떤 나무 때문이었다. 집에 돌아올 때 항상 내리는 버스 정류장 부근에 식당이 하나 있는데, 식당 앞 주차장 끄트머리에 그 나무가 살고 있다. 잎만 보면 향나무와 주목朱木 사이의 어드메에 속하는 것 같았는데, 정확한 이름은 지금도 모른다.

하루의 모든 에너지를 소진하고 털레털레 집으로 돌아갈 때면 어김없이 그 나무와 마주쳤다. 그도 그럴 것이, 나는 버스에서 내려서도 횡단보도 앞에서 한참 시간을 보내야 한다. 몸이 아프게 된 이후로 걷는 속도가 느려져, 신호가 바뀌기 전부터 미리 기다리고 있지 않으면 제시간에 횡단보도를 건너지 못할 때가 많다. 걷는 것조차 힘들 때가 적지 않으니, 황급히 뛰어서 건너는 건 엄두도 못 낼 일이다.

우리 동네에서 원숭이 귀신을 발견하게 된 것도 뜻밖에 생긴 여유(?) 덕분이었다. 그날도 어김없이 신호등이 바뀌길 기다리며 주변을 둘러보고 하늘도 한번 쳐다보던 중이었다. 나무 앞에 설치된 신호등에 빨간불 두 개가 들어왔는데, 그게 나뭇잎과 합쳐지자 수풀 속에 숨어 사는 원숭이 귀신 같은 모양새가 되었다. 어둑어둑한 하늘, 짙은 초록빛을 띠는 무성한 나뭇잎들, 거기 박힌 동그란 빨간 눈 두 개가 영락없이 원숭이 귀신이었다. 그 얼굴을 발견한 후부터는 줄곧 그 부근을 오갈 때 원숭이 귀신에게 나만의 방식으로 눈인사를 건네곤 했다. 그럴 때면 어김없이 내가 떠나보낸 식물들이 와락 떠올라 조금은 복잡한 마음이 되었다.

그런데 얼마 전 충격적인 광경과 마주했다. 버스

에서 내려 횡단보도 앞에 섰는데, 지금껏 내가 알던 모습과 전혀 다른 낯선 나무 한 그루가 서 있는 게 아닌가. 믿을 수 없는 마음에 몇 번이고 나무를 확인했지만, 나와 매일같이 눈인사를 나누던 그 원숭이 귀신은 그 자리에 없었다. 무성한 이파리는 물론, 힘차게 뻗어 있던 가지들도 전부 잘린 채였다. 잘린 가지들은 나무 앞에 아무렇게나 쌓여 있었고, '현 토지 매매'라는 문구가 박힌 현수막이 무신경하게 나무를 휘감고 있었다.

슬프게도 가로수 관리의 이런 실태가 결코 낯설지 않다.* 잘려나간 나무의 모습 또한 너무도 익숙하다. 하지만 나를 반겨주던 그 원숭이 귀신이 더 이상 존재하지 않는 현실은 여전히 낯설다. 나에겐 그저 나무 한 그루가 아니었다. 그 나무와 내가 공유했던 감정과 경험이 통째로 잘려나간 듯했다. 잘려나간 가지의 단면을

---

* 〈스브스뉴스〉에서는 "이게 가지치기냐 몸통치기지"라며 한국의 무책임한 가로수 관리 방식을 비판하기도 했다. 영상에 따르면, 일관되고 체계적인 관리 없이 지방자치단체나 앞 건물의 재량에 맡겨지는 모양이다. 가지를 마구잡이로 자르는 과정에서 나무가 죽는 일도 심심찮게 발생한다고 한다. 영상은 나무를 이런 식으로 대하는 것이 나무와 인간 모두에게 위험하다고 강조한다. 〈이유 알고 더 당황;; 우리나라 가로수 관리 근황〉, 2021. 3. 26, https://youtu.be/FvPe4ZFFEJg

보고 있으면 내 팔마저 아파왔다. 왜 너와 나는 이렇게 아파야 할까. 우리가 좀 더 안전하게, 오래오래 함께할 수 있었다면 참 좋았을 텐데.

길가에 늘어선 가로수들과 마주할 때면 이런 생각들로 머릿속이 복잡해진다. 동시에 이렇게 묻고 싶어진다. '분재'를 문제 삼는 일부 사람들이 정작 이런 일상은 외면하고 있는 게 아닌가. 인간이 점유한 공간에서 식물은 언제나 부차적인 대상일 뿐이며, 이때 식물의 삶, 식물과 우리의 관계는 애초 존재하지도 않는 것으로 여겨진다. 함께 살며 인간과 식물 모두에게 좋은 삶을 모색한다는 건 정말 불가능한 일인 걸까.

5

함께한다는 것

## 사람과 함께하기

식물에게도 '더 나은 삶'이라는 게 있을까? 그렇다면 우리는 그 삶을 어떻게 상상할 수 있을까? 또 나는 그 삶에 어떤 방식으로 관여해야 할까? 식물이 나의 공간에 들어온 지 제법 오래지만, 함께 잘 살아가는 법을 찾기란 여전히 쉽지 않다.

그렇다고 포기하자는 건 아니다. 아직 답을 찾지 못한 문제를 고민할 땐 비슷한 상황을 그려보는 것이 꽤 유용한 방법이 된다. 내가 경험한 두 차례의 동거가 어쩌면 식물과 지내는 일상과 크게 다를 것도 없겠다는 생각을 종종 한다. 1년 남짓의 기숙사 생활과 가족과의 동거. 이 두 경험은 다른 듯하면서도 묘하게 닮아 있다.

기숙사에 살 때는 한 방에 세 명이 있었다. 그런데

도 각자 꽤 독립적인 생활을 유지했다. 청소와 취침이라는 공동의 일과를 빼곤 각자의 생활 패턴에 맞춰 지냈다. 밥도 따로 먹었고, 수업 스케줄이 서로 다르다보니 기상 시간도 제각각이었다(당시 가장 이른 수업이 1시였던 나의 평균 기상 시간은 오전 11시~정오 사이였다). 주거 공간을 공유하지만 함께하는 것은 거의 없는 생활.

반면 우리 가족은 서로 비슷한 생활 리듬을 공유하고, 살 부딪는 시간도 많다. 휴학이 잦은 나와 프리랜서 아빠, 원래 올빼미형인 엄마 이렇게 셋 조합의 자연스러운 귀결일지도.

다들 집에 있는 시간이 많아 같이 밥을 먹고, 그러다보니 일어나는 시간도 얼추 맞추게 된다. 밤늦은 줄 모르고 수다 떨 때도 많아서 취침 시간을 종잡기도 어렵다. 이런 불규칙한 생활이 건강에는 별로 안 좋을지 몰라도 쏠쏠한 재미가 있다. TV가 있는 방에 모여 오밤중에 드라마를 보거나, 새벽에 편의점에 마실 나가 아이스크림을 사 먹는 소소한 일들 말이다.

소통 방식에 큰 차이가 있었지만, 룸메이트들과의 생활이든 가족과의 일상이든 나에겐 모두 의미가 있다. 또 나는 어디서든 별다른 불편을 느끼지 못했다.

돌이켜 생각해보면 이 모든 게 '돌봄'과 얽혀 있었

던 것 같다. 기숙사에서는 개인의 일정이 천차만별이라 함께하는 시간이 거의 없었지만, 틈나는 대로 서로를 조금씩 챙기고 돌보는 '간헐적 돌봄' 같은 것이 있었다. 아침을 거른 룸메이트에게 간식을 챙겨준다거나, 기숙사에 행사가 있을 때면 서로 알려주고 함께 가는 식이었다. 서로를 침해하지 않으면서 적시에 필요한 만큼의 돌봄만을 주고받던 그때가 내겐 꽤 이상적인 공동생활로 기억된다.

다른 한편, 지금 내가 가족들에게 받는 돌봄은 그때의 것에 비하면 너무 넘치는 수준이다. '아픈 아들'인 나는 늘 가족들의 돌봄이 필요한 존재다. 기숙사 시절보다 몸이 더 안 좋아지기도 했다. 내가 가족들에게 돌봄을 제공할 때도 있지만, 가족들이 내게 제공해주는 돌봄이 훨씬 더 크고 많다. 돌봄은 여전히 이렇게 가족의 몫으로 떠넘겨진다.

서로에 대한 존중도 큰 몫을 하는 것 같다. 기숙사에서 함께 지낸 룸메이트 중 하나는 '방콕'을 선호해서 주로 방에 있었고, 다른 한 명은 방에 잘 들어오지 않거나 늦게 들어와 잠만 자고 나갔다. 나는 그 둘 사이 어딘가에 있었다. 그럼에도 우리는 서로의 생활 패턴을 어느 정도 파악하고 배려했으며, 다른 사람의 생활을 침범하지 않으려고 노력했다.

지금도 그때의 장면 하나가 눈에 선하다. 어느 여유로운 오후, 나는 방에서 베이스를 연습하고 룸메이트는 노트북으로 게임 동영상을 보고 있다. 그는 스타크래프트의 그래픽이 아직 평면에 가까운 어설픈 3D를 구현하던 시절의 '레전드' 경기 동영상을 보며 감탄하고, 나는 앰프를 켠 채 베이스를 연습한다. 진동과 소음이 방 전체를 울리는 그때 그가 갑자기 휘파람으로 노래를 따라 부른다. 그걸 본 나는 기분 좋게 연습을 이어간다. '소음'이 '연주'가 된 건, 평소 우리가 서로에게 보인 존중 때문이었을 것이다.

가족끼리도 마찬가지다. 허락 없이 다른 사람의 사적인 공간에 들어가지 않는 것이 우리 집의 암묵적인 규칙이라면 규칙이고, 누군가의 생활 방식 때문에 다른 사람이 불편을 겪게 될 때는 적극적으로 대화를 청해 해결한다. 엄마와 아빠, 나 모두 주로 집에서 일하는 편이라 일과 휴식의 경계가 흐릿하지만, 서로의 생활을 존중하려는 노력 덕택에 원만하게 지내고 있다.

# 반려견과 함께하기

우리는 종종 동물과 한 집에서 산다. 나 역시 꽤 긴 시간을 개와 함께 살았다. 일곱 살 때부터 스물세 살까지 함께했으니, 장장 10년이 넘는 세월이다. 반려식물과의 관계를 부쩍 고민하는 요즘 반려견과 많은 시간을 보내던 그때 기억이 난다.

반려동물이라고 해서 전부 같은 건 아니다. 개와 고양이의 삶만 놓고 보더라도 그렇다. 고양이보다 개가 (인간과의 관계에서) 더 많은 희생을 감수하는 것 같다. 왜 그럴까?

2019년 호주에서는 반려견을 매일 산책시킬 의무를 규정하는 법안이 통과되었다. 독일에서도 비슷한 법안이 도입된다고 해서 논란이 일었다. 고양이 이야기는 나오지 않는 걸 보면 야외 산책은 신체 구조상 더 넓은 공간에서 더 많이 움직여야 하는 개에게 특히 더 중대한 문제인 것 같다. 대다수의 사람들이 아파트에 거주하는 요즘 같은 시대에 쾌적하고 만족스런 환경에서 지내는 반려견은 그리 많지 않을 것이다. 이 때문에 한국에서는 대형견보다 소형견이 선호된단다.

개에게 산책이란 숨쉬는 것과 같은 생명 활동이

지, 해도 되고 안 해도 되는 취미 생활이 아니다. 숨쉬지 않고 살 수 없듯, 산책하지 않고 건강한 생을 이어갈 수 있는 개는 없다. 〈세상에 나쁜 개는 없다〉나 〈개는 훌륭하다〉 같은 프로그램이 일관되게 이야기하는 것도 결국 관계와 생활 환경의 상관성이다. 즉 반려견이 문제적인 행동을 보인다면, 그건 아마도 반려인이 개가 사회성을 기를 수 있는 적절한 환경을 마련해주지 못했기 때문일 것이다. 반려인이 반려견과 적절하게 관계 맺기에 실패한 것이다. 집에 있는 시간이 너무 길었던 탓에 다른 개들과 지내는 방법을 배우지 못하고 과도한 공격성을 보이는 반려견의 사례가 얼마나 많이 소개되었던가.

함께 사는 사람에 의해 자신의 삶을 침해당하는 개들의 이야기는 곳곳에서 들려온다. 하지만 그렇다고 해서 모든 반려인들이 함께 살기 자체를 포기하는 건 아니다. 세상엔 반려견을 존중하며 어떻게든 함께 살 방법을 찾으려는 이들이 훨씬 더 많다. 인간을 위해, 인간의 편의를 극대화하는 방식으로 설계된 집이 반려견에겐 그리 적합하지 않은 환경일 테지만, 그래도 그 한계 안에서 끊임없이 무언가를 시도한다. 실내 공간의 구조와 배치를 이리저리 바꿔보고, 교육을 받으면서 자신의 태도와 마음을 되돌아보기도 하면서 반려견이 살아갈 환경을 고민한다.


## 호혜성에 관하여


서로 부둥켜안고 행복해하는 반려견과 반려인을 볼 때면 나는 나의 베이스 소리가 소음에서 연주로 변했던 순간을 떠올린다. 반려견과 반려인이, 혹은 두 명의 룸메이트가 이런 순간을 맞이하기까지 무엇이 필요했을까.

이제 더는 영업을 하지 않는 어느 식당 아저씨와의 기억도 아주 인상 깊게 남아 있다. 전공인 문화인류학 수업에서 필드워크, 즉 현장연구를 나갔을 때 만나게 된 분이다. 필드워크는 문화인류학의 주요 방법론 중 하나로, 어떤 지역에 방문해서 그곳의 사람들을 관찰하고 면담interview한 뒤에 기록으로 남기는 활동이다. 내가 다니는 학교의 문화인류학과에서는 두 번의 필드워크가 졸업 요건으로 명시되어 있다.

아저씨를 만난 건 2019년 전라북도 부안에 있는 계화도라는 섬으로 필드워크를 나갔을 때였다. 계화도에 방문할 때까지만 해도 나는 그곳 사람들의 삶에 별 관심이 없었다.

연구에 대한 의지를 영혼까지 끌어모아 겨우 질문을 끄집어내려는데 어쩐지 죄책감이 들었다. 관심도 없는 사람들에게 이야기를 요구하고 정보를 받아내려 하다니. 내가 그들을 순전히 도구로 취급하고 있는 건 아닐까. 이야기를 나누는 순간에는 상대를 존중하려 애썼지만, 그것만으로는 한참 부족하다는 생각이 들었다.

이런 생각으로 머릿속이 복잡하던 그때 누군가의 한마디가 뒤통수를 때렸다.

"그 사람들이 정말 이용당하기만 한다고 생각해? 그분들이 이 과정에서 얻는 게 정말 하나도 없을까?"

그 말을 한 게 누구였는지는 잘 기억나지 않는다. 다만 그 말의 취지만큼은 분명히 파악할 수 있었다. 현장연구의 윤리에 '호혜성'이 포함되어 있다는 것. 말하자면 연구자/인터뷰어뿐 아니라 자신의 이야기를 하는 인터뷰이 역시 그 과정에서 무언가를 얻는다.

"연구 대상자들은 정보를 제공하기 때문에 그에 대한 보답이 필요할 수 있다. 단순히 연구자의 호의나 관심, 우정 등으로 충분할 수도 있고, 연구자에게 큰 부담이 되지 않는 사소한 선물이나 외부 세계나 전문 분야에 대한 정보 또는 서비스 정도가 적당할 수도 있다."[11]

그들이 애써 꺼내 나누어준 이야기에 나는 어떻게 보답해야 했을까.

그들 중 대부분은 불쾌감을 드러내지 않았고, 쭈뼛대며 서성이는 우리에게 먼저 말을 붙이기도 했다. 무엇보다 아저씨는 설거지하다 말고 나와 친구들을 집에 초대해서 과일을 내어주고 자신의 삶에 대해 이야기해주었다. 우리가 떠날 때 피곤한 기색 없이 다정한 얼굴로 잘 가라고 배웅해주었던 게 지금도 선하다.

설거지하던 아저씨의 모습이 문득 떠오를 때가 있다. 우리의 방문이 그에게 어떤 의미였을지 내가 정확히 알기는 어렵다. 그가 생판 모르는 대학생 넷을 초대해 자기 삶의 굴곡을 과일과 함께 내어주며 마지막엔 친절하게 웃으며 배웅할 수 있었던 이유는 뭘까. 우리가 어떤 물질적 보답도 하지 않았는데 말이다.

허락받고 녹음기를 켰다는 사실을 잊은 채 자신의 이야기에 집중하는 우리의 모습이 그에게 기쁨이었을 수 있겠다는 생각이 이제 와서 든다. 나의 지난 삶에 열심히 귀를 기울이는 누군가의 존재는 그 자체로 참 소중할 수 있다.

그날 내가 작성해둔 단출한 세 쪽짜리 일지를 보

며 나는 존엄이 서로를 존엄하게 대하는 상호작용을 통해 구성된다는 김원영의 말을 떠올렸다.[12] 감히 이렇게 말해도 될지 고민되지만, 그때 우리가 서로 주고받은 건 존엄, 좀 더 정확히 말해 호혜적인 존엄이었을지도 모르겠다.


## 차이가 생동하는 관계


호혜적 관계를 구축하기 위해 무엇이 필요할지 고민하는 내게 길잡이가 되어준 개념이 있다.

우리는 일상에서 종종 '대상화'가 문제라고 말하곤 한다. 특히 사람을 그 자체로 존엄한 존재로 대우하지 않고 무언가를 위한 도구나 수단으로 취급하는 경향을 두고 그렇게 이야기한다. 말하자면 '대상화'란 우리가 피해야만 하는 악惡이다. 휴학하고 여기저기 강연을 들으러 다니던 2018년에 나는 이와 조금 다른 관점에서 '대상화'의 문제에 접근하는 논의를 접했다. 한 페미니즘 강연에서였다.

우리는 자주 도구나 대상이 된다. 내가 돈을 받고 일할 때 나는 고용주의 도구가 된다. 원고가 밀릴 때 나는 마감을 재촉할 대상이 된다. 대화를 나누는 어떤 순간에 나는 상대방의 말을 듣는 청자로서만 존재한다. 이런 순간들을 피할 도리는 없다.

그렇다고 해서 고민이 해결되는 건 아니었다. 피할 수 없다고 해서 다 즐길 수 있는 건 아니니까. 나에게 대상화란 여전히 위험한 것이자, 가능한 한 피해야 하는 것이었다. 그런 고민을 이어가던 와중 알게 된 것이 '유도체화derivatization' 개념이었다. 어려운데 왠지 모르게 멋지게 느껴져 자세히 들여다보니, 원래는 화학 용어였다고 한다. 중학교 1학년 이후로 화학 근처에는 얼씬조차 하지 않던 나에게 이 단어는 마치 영화 속 천재들이 칠판 가득 채워둔 수식 같았다. 일종의 경외심을 느꼈다고 할까.

유도체화는 원래 화합물의 구조를 조금씩 바꿔 자신이 원하는 형태로 만드는 화학적 과정이라고 한다. 앤 카힐이라는 학자는 이 개념을 사람 사이의 관계에 적용하여 상대를 자신의 욕망을 담아내는 그릇으로만 취급하는 경향으로 정의했다.

상대방은 때에 따라 나의 도구/대상이 될 수도 있지만, 근본적으로 자신의 고유한 의지와 삶을 가진 존재다. 이런 존재를 자신의 욕망으로 환원해버리는 일이

명백히 잘못된 것임을 앤 카힐은 말하고자 했다.[13] 내가 친구에게 고민을 털어놓을 수는 있지만, 그를 '감정의 쓰레기통'으로 삼아선 안 된다는 단순한 진리를 떠올리면 이 어려운 개념을 생각보다 쉽게 이해할 수 있다.

이 개념은 막혀 있던 내 머릿속 회로의 어떤 부분을 훅 뚫어주었다. 이 개념을 내게 처음 알려준 책《다시는 그전으로 돌아가지 않을 것이다》에서는 능동적인 존재만이 주체성을 갖는 것은 아니라고 말한다. 수동적인 존재도 존엄성을 가질 수 있다는 것이다. 주체성이란 누군가가 이 세상에서 다른 사람들과 살아갈 때 "'나'라는 실존적 감각을 가지고 자유로운 존재로 실천할 수 있는 가능성"[14]이다.

결국 중요한 것은 누군가가 대상이 되는지 아닌지 혹은 그가 수동적인지 능동적인지가 아니다. 대상이 될 때, 즉 수동적으로 반응할 때도 우리는 존엄할 수 있다. 관계 안에서 두 사람의 차이가 존중된다면 말이다.

식물과 인간의 호혜적 관계를 고민하면서 나는 내내 이 개념을 떠올렸다. '식물도 알고 보면 능동적'이라는 식의 발견에서 좀 더 나아가, 설령 식물이 수동적일지라도 식물을 존중할 수 있다고, 존중하는 방법을 궁리해보자고 말해야 하는 게 아닐까.

"먹으려고?"

반려식물과 나의 차이를 인지하면서도 식물의 삶을 오롯이 존중하려면 어떻게 해야 할까. 그렇게 함으로써 우리는 무엇을 주고받을 수 있을까.

나는 여전히 식물이 몸담는 장소를 고심한다. 플랜테리어로 꾸며진 카페나 원룸에서 식물이 어디 놓여 있는지, 내가 반려식물들을 어떤 공간에 두었는지. 창가에서 밀려난 파키라, 잘 자라다가 실외기 위에서 말라 죽은 튤립 새싹, 새로 들어온 창문형 에어컨 앞에서 한참 동안 찬바람을 맞은 담쟁이를 떠올린다. 내가 그 식물들에게 얼마나 무신경했는지. 매일 물을 준다고 해서, 예쁘다 감탄하며 사진을 찍는다고 해서 식물들을 사랑하는 건 아닐 텐데. 그게 사랑이라고 착각하며 살았던 건 아닌지.

특히 허브는 늘 고민거리였다. 분재와 달리 허브들은 줄기와 잎을 잘라주지 않아도 무성하게 잘 자란다. 그토록 잘 자라는 바질, 로즈메리, 파슬리의 줄기와 잎은 수시로 잘리는데, 오직 인간의 먹는 즐거움을 위해서다. 새로 데려온 허브를 인스타그램 스토리에 막 올렸을 때, 친구에게 이런 메시지를 받은 적이 있다.

"먹으려고?"

꽤나 익숙한 농담이다. 언젠가 엄마도 장난처럼 "넌 네가 키운 애를 그렇게 뜯어 먹니?" 하며 혀를 찬 적이 있다(정작 내가 만든 바질페스토를 가장 좋아하는 건 엄마다).

이제는 그런 말을 그저 농담으로 흘릴 수 없게 되었다. 정곡을 찔린 느낌이랄까. 먹기 위해 바질을 기르는 내가 과연 바질을 사랑할 수 있는가 말이다.


## 식물과 함께하기

실제로 식물은 자극에 반응하며, 잎이 위험한 상황에 처했을 때는 '통증 신호'를 보낸다는 연구 결과들이 있다.[15] 내가 이파리와 곁가지를 뗄 때마다 바질도 그런 신호를 보내는 게 아닐까. 설령 그 통증이 동물이 느끼는 것과 같은 형태는 아닐지라도 말이다.

하지만 곁가지와 이파리를 떼내는 일이 식물에게 꼭 부정적인 영향만 주는 건 아니다. 가지나 이파리를 적절히 솎아주면 외려 식물이 더 오래 살고, 더 많은 잎을 틔울 수 있다. 수명이 전부는 아닐 테지만.

인간이 거주하는 공간이 외려 식물에게 좀 더 나은 환경을 제공해줄 수도 있다. 물론 실외보다 실내가 확실히 척박하긴 하다. 통풍이 어렵고, 햇빛을 직접 쐬기 어렵기 때문이다. 벌이나 나비가 날아와서 수분受粉을 해주기도 어렵다. 하지만 실내에서는 밖에서 얻지 못하는 좋은 비료를 섭취할 수 있고, 해충으로부터 자신을 보호할 수도 있다(사람이 해충을 관리해주니). 특히 비바람을 동반한 강한 태풍이 들이닥치는 여름철엔 실내가 훨씬 안전하다. (그런 이유로 분대 또한 인간과 식물이 함께하는 하나의 선택지가 될 수 있다.)

물론 단순히 이런 식의 상호 영향을 들어 인간과 식물이 호혜적 관계를 맺는다고 하기엔 무리가 있다. 서로를 존엄하게 대하지 않는다면 호혜는 성립할 수 없을 것이다.

나는 내가 기른 바질을 활용해 종종 바질페스토를 만들곤 한다. 하지만 그렇다고 해서 오로지 바질페스토를 만들기 위해 바질을 돌본다고 말할 수는 없다. 잎의 색깔이나 모양, 향이 전과는 어떻게 다른지 관찰하고, 잎에 물이 고여 있으면 털어주고, 벌레가 보이면 쫓아준다. 가끔은 풀을 쓰다듬기도 하고, 줄기가 얼마나 튼튼한지 조심스럽게 만져보기도 한다.

"애들이 이제 확실히 자리를 잡은 것 같아. 흙을 파 본 건 아니지만, 확실해. 딱 보면 알겠어."

바질을 제법 오래 지켜본 아빠가 말했다.

나도 이제 제법 감이라는 게 좀 생긴 것 같다. 특히 요즘엔 심은 지 얼마 되지 않은 방울토마토를 수시로 살핀다. 어떤 건 유독 잘 자라고, 어떤 건 유독 불안해 보인다.

식물을 정성스레 기르는 사람이라면 누구나 이런 감각을 체득하지 않을까. 같이 사는 이나 반려견의 소리, 표정, 몸짓만 보고도 충분히 그의 상태를 알아차릴 수 있는 것처럼 말이다. 바질이 새잎을 얼마만큼 틔웠는지, 작은 잎은 몇 개나 되는지, 방울토마토의 잎들이 햇빛 쪽으로 얼마나 기울었는지 이런 것들이 노력하지 않아도 보인다.

간혹 흙이 충분히 촉촉한데도 다시 물을 주거나, 바짝 말라 있어도 물을 아낄 때가 있다. 어떻게 하면 반려식물이 좀 더 잘 자랄 수 있을지, 환경의 한계를 분명히 인지하면서도 식물에게 좀 더 나은 삶의 여건을 만들어줄 수 있을지 수많은 고민들이 쌓이고 쌓여 구축된 감각이다.

때로 사람들은 식물을 보며 마음의 평화를 얻는

다. 원예 치료는 이제는 제법 널리 활용되는 치료법이다. 치료받는 사람들은 식물이 잘 자라면 기뻐하다가도, 잎이 시들해지면 금세 걱정한다고 한다. 어찌 보면 이런 사소한 행동이나 감정이야말로 인간과 식물이 서로 도움을 주고받는다는 것을 보여주는 가장 분명한 증거가 아닐까 싶다.

물론 인간과 식물이 각기 다른 시간을 산다는 걸 부정할 순 없을 것이다. 그래서 사람들은 종종 식물이 전혀 움직이지 않는다고 오해하기도 한다. 인간은 늘 자신과 다른 시간을 살아가는 존재가 있을 수 있다는 것을 인정하지 않으니…….

우리의 눈에 보이지 않을 뿐 식물은 한순간도 멈춰 있지 않다. 식물이 햇빛에 따라 어떻게 움직이는지, 젖어 있는 흙에서 어떻게 자라는지 담아내는 타임랩스 영상들은 볼 때마다 경이롭다. 참고로 얼마 전 아빠가 들인 목사랑초라는 구근식물은 아침저녁으로 꽤 큰 꽃을 피웠다 접는다. 잡초로 여겨지는 괭이밥의 잎과 꽃도 매일 펴졌다 접혔다 한다.

우리가 짐작하지 못한다고 해서 그 시간이 존재하지 않는 것은 아니다.

## 다른 시간을 산다는 것

작년 여름 시민연극 〈아파도 미안하지 않습니다〉에 배우로 참여한 적이 있다. 여러 번의 연습 끝에 무대에 선 첫날, 연극이 끝나고 아직 진정되지 않은 마음을 간신히 가다듬으며 빈 관객석을 찾아 앉았다. 연극 종료 후에 세 명의 패널과 함께하는 토크쇼가 예정되어 있었기 때문이다. 당시 최원영 간호사가 들려준 어느 할아버지와의 에피소드는 오랫동안 기억에 남았다.

혈액투석실이나 중환자실에서 일한 그는 주로 중증 환자들과 함께했다. 그의 담당 환자 중에는 90세가 넘은 할아버지가 있었는데, 그날따라 무언가를 쓰려고 무척 노력하고 있었다고 한다. 운 좋게도 그는 그날따라 바쁘지 않았고, 궁금한 마음에 일하다가 할아버지의 침상으로 돌아왔다가를 서너 시간에 걸쳐 반복한 끝에 할아버지가 하려던 이야기를 알아냈다. 할아버지의 생각과 할아버지가 펜으로 쓴 글자 모양을 물어 한 글자 한 글자 알아낸 끝에 완성한 문장은 이랬다.

"나는 행복한 사람, 여러분 모두 감사합니다."

이 이야기를 듣는데 김초엽 작가의 소설 〈캐빈 방정식〉이 떠올랐다. 주인공 현지의 언니인 현화에겐 '시간지각 지연 증후군'이 있다. 사람의 뇌는 감각신경들이 감각을 통합한 결과를 통해 시간을 인지한다. 즉 시간은 주어진 객관적 사실이 아니고, 우리의 몸이 느낀 것을 뇌가 해석한 결과다.

세상의 시간이 자신의 시간보다 너무 빠르게 흘러가는 탓에 현화는 혼자 걷거나 식사를 할 수조차 없다. 현화의 "내적 시계는 망가졌다".[16] 하지만 의사소통 보조 장치를 통해 두 자매는 대화할 수 있게 된다. 메시지를 주고받기까지 오랜 시간이 소요되는 아주 느린 대화가 이어지다가, 나중에는 한 시간 간격으로 안부를 주고받을 수 있게 된다. 서로 다른 시간을 사는 두 사람이 포기하지 않고 대화를 이어간 끝에 조금씩 서로의 시간에 가까워진 것이다.

근육병과 함께하는 삶을 쓰는 바디 에세이스트 홍수영은 자신의 책 《몸과 말》에 "남들과 똑같은 시간 속에 흘러가고 싶다"고 적는다.[17] 모두가 같은 시간을 살아야 한다고 믿는 세상에서 남들과 다른 시간을 산다는 건 감당하기 벅찬 일이다. 최원영 간호사는 중환자들이 의사 표현을 하기 힘들다는 이유로 자주 무시당한다고 말했다. 비슷한 맥락에서 현지 역시 현화와의 대화에서 피로를 느낀다.

그럼에도 결국 할아버지는 감사 인사를 남겼고, 소설 속 현화 역시 안부를 나눌 수 있게 된다. 그건 자기 자신은 물론 곁에 있는 사람이 다른 시간을 포기하지 않고 함께했기 때문일 것이다.

식물은 아주 느리게 움직인다. 일정 수준을 넘기면 성장 속도도 아주 느려지고, 겨울이 되어 잎이 다 떨어지기라도 하면 살았는지 죽었는지조차 알 수 없다. 하지만 나는 그 느림을 인정하고 그것에 익숙해지기로 했다. 겉으로는 이렇다 할 변화가 없어 보여도 나름대로 관찰하며 기다리고 물을 주는 것이 식물의 시간을 경험하는 나만의 방법이다. 섣불리 판단하거나 포기하지 않으면서 식물의 시간에 적응해가고 싶다.

의식 불명 상태에 빠져 움직이지 못하고 대사 기능만 하는 사람을 흔히 '식물인간'이라고 한다. 무엇보다 나는 '식물'을 '오직 대사만 하는 존재'에 대한 비유로 사용하는 방식 자체가 편협하다고 느낀다. 이것이야말로 식물에 대한 무지가 아닐까. 만일 우리가 '식물'을 '다른 시간을 살아가는 존재'로 인식한다면 지금과 같은 '식물인간' 개념은 결코 성립할 수 없을 것이다. 이제 다른 가능성을 모색해 '식물인간'의 함의를 존재론적으로 재구성해야 한다. 그렇게 되면 할아버지와 현화는 의학적 의미가 아닌 존재론적 의미에서 '식물인간'일 것이다.

세상엔 수많은 종류의 시간들이 존재한다고 믿는다. 인간조차 서로 각기 다른 시간을 산다. 결국 어떤 존재를 이해한다는 건 곧 그의 시간을 인정하는 일이 아닐까. 그 시간을 조금이라도 경험해보고 또 그 시간과 나의 시간을 조율해가려고 노력하면서.

그렇게 나는 식물의 꿈을 꾸며 '식물인간'이 되어가고 있는지도 모르겠다.


## 다른 삶에 대한 책임

나는 식물과 함께 살아가는 것이 (나 아닌) 다른 삶에 대해 책임의식을 갖는 일이라고 느낀다. 그래서인지 사람들이 아무렇지 않게 주고받는 이야기들이 내겐 무척 당혹스러울 때가 있다.

요즘엔 어떤지 모르겠지만, 반려식물로 다육식물을 들이는 것이 한창 붐을 일으켰을 때가 있었다. '다육이'라는 애칭까지 생겨났으니 무슨 설명이 더 필요할까. 그러나 정작 다육이의 주 서식지가 사막, 고산지대

나 한랭지, 해안지대 같은 곳이라는 사실을 아는 사람들은 많지 않은 듯하다. 다육이들은 어쩌다 원래의 집을 떠나 이 생경한 한반도의 아파트, 원룸, 카페에 자리 잡게 된 걸까?

흔히 사람들은 식물을 처음 기르는 이나 일상이 분주한 이에게 선인장 같은 다육식물을 권하곤 한다(물론 진심 어린 애정을 쏟으며 기르는 사람들도 있을 것이다). 그 이유를 들어보면 이렇다.

"그냥 들이기만 하면 돼. 물도 거의 줄 필요 없고 엄청 편해. 너도 한번 길러봐."

이런 말을 아무렇지 않게 내뱉는 이들을 보면 기분이 묘해진다. 적어도 내가 길렀던 다육식물은 햇빛이 있는 창가 쪽으로 계속 잎을 기울여서 내가 주기적으로 화분을 회전시켜주어야 했다.

이 '다육식물'의 자리는 다른 대상으로 얼마든 대체될 수 있다. 그 자리에 '고양이'를 넣어 이렇게 말하는 사람들을 나는 너무 자주 본다.

"산책시킬 필요도 없고, 개처럼 훈련시킬 필요도 없어. 독립적이고 엄청 편해. 너도 한번 길러봐."

나도 언젠가 누군가에게 비슷한 이야기를 건넨 적이 있었다. 왠지 모르게 타인과 같은 취미를 공유해야 할 것만 같은 강박 때문이었을까, 아니면 고민이 부족해서였을까. 로즈메리는 별로 신경 쓰지 않아도 잘 자라는 식물이라고 이야기했던 기억이 생생하다.

그 말의 무게를 깨닫게 된 건 로즈메리를 죽이고만 뒤였다. 로즈메리가 죽는 것을 자그마치 두 번이나 보았지만, 그 이유를 정확히 알 수 없다는 사실이 지금도 나를 괴롭힌다.

그때 친구에게 로즈메리를 추천했던 건 단지 잘 자라기 때문이 아니라, '쓸모'가 많기 때문이었다. 적은 양으로도 강한 향을 내기 때문에 요리할 때도 유용하고, 말렸다가 차를 끓여 마실 수도 있고, 심지어 향기만 맡아도 기분이 좋아진다는 게 로즈메리의 어마어마한 장점이었다.

돌이켜보면 나는 로즈메리의 쓸모와 실용성에만 집착했지, 어떻게 하면 로즈메리를 잘 기를 수 있을지에 대해서는 제대로 고민해본 적이 없었다. 그건 곧 나와 함께 지내는 로즈메리에게 어떤 환경이 필요한지 관심을 기울이는 일이기도 했다. 식물의 특성을 면밀히 살피지 않으면 시행착오를 반복할 수밖에 없다. 인간이 '시행착오'라 부르는 것이 식물에겐 곧 '죽음'임을 기억해야 한다.

반려동물이나 반려식물을 들일 때 가장 먼저 숙고해야 할 것은 얼마나 책임을 다할 수 있느냐다. 식물이 좀 더 나은 삶을 누릴 수 있도록 최선을 다할 결심이 되어 있는지. 인간의 좁은 앎에서 비롯된 오해처럼 식물에게 필요한 건 그저 물이나 흙, 햇빛 따위가 아니라, 자신이 살아가는 환경에 충분히 관심을 기울일 '반려인간'이다. 이 사실을 깨닫기까지 나는 생각보다 많은 식물들을 떠나보냈고, 내 무지에 대한 책임을 식물들은 언제나 '죽음'이라는 형태로 떠맡아야 했다.

식물을 가까이에 두고 보고 싶은 마음, 식물이 인테리어와 잘 어우러지도록 만들고 싶은 마음 자체를 부정할 생각은 없다. 하지만 적어도 식물을 인테리어를 완성하는 하나의 요소쯤으로 치환하지는 않으면 좋겠다. 인테리어 소품처럼 두고 가끔 한번 훑어보는 것이 전부라면, 그 대상이 굳이 생명이 있는 식물이어야 할 이유는 없지 않을까.

식물을 보며 위안과 즐거움을 얻는 건 좋은 일이다. 하지만 인간뿐 아니라 식물 역시 그 나름의 방식으로 쾌적하고 즐거운 삶을 누려야 한다는 게 내 생각이다. 풍요로운 삶이란 인간만의 것이 아니니까. 그러려면 내가 먼저 식물에게 '반려인간'이 되어야 한다.

6

욕
심

이웃

나는 낯을 많이 가리는 편이다. 그래서 오랫동안 알고 지낸 사람이 아니면 거리에서 마주쳐도 먼저 인사를 건네기가 어렵다. 그게 대체 뭐라고. 공연히 스마트폰을 보는 척하거나 평균 1.0의 뛰어난 시력으로 먼저 상대방을 알아보고 피하는 스킬이 경지에 도달했을 정도다. 두어 번쯤 바뀐 경비노동자분들과 가벼운 눈인사를 주고받는 일조차 쉽지 않다. 이토록 말 거는 데 소질이 없는데 전공은 인류학이라니. 어려움이 이만저만이 아니다.

아마 나는 엄마 성격을 닮은 것 같다. 아빠는 나나 엄마와는 정반대 성격을 지녔다. 나와 엄마를 기억하는 이웃들은 별로 없어도 아빠를 모르는 이웃은 없을 정도

니까. 눈가에 자글자글하게 잡힌 주름이 아빠가 지어 온 무수한 눈웃음들을 말해준다. 생판 모르는 사람에게 까지 아무렇지 않게 말을 붙여 공연히 나까지 무안해질 때도 있다.

놀라운 건 아빠의 이런 성격이 곁에 있는 나에게 도 적잖은 영향을 준다는 것이다. 아빠와 지내며 조금 씩 변해가는 나를 발견할 때면 역시 사람 일은 알 수 없 다고 느끼게 된다. 나 같은 사람은 누군가와 소원해지 면 소원해졌지 가까워질 일이 별로 없다. 아니, 그보단 애초에 관계 맺을 기회 자체가 없다. 그런 나도 아빠와 함께 다닐 때만큼은 그 누구와든 쉽게 이야기 나누고 친해지는 마법을 경험하게 된다. 서오릉 사장님도, 동 네 철물점 사장님도, 자주 가는 마트의 직원분도 다 그 렇게 얻은 인맥(?)이다.

아무리 그래도 요즘처럼 이웃과의 교류가 없는 시 대에 옆동 아주머니와 말을 트게 될 줄이야.

시작은 화분걸이였다. 아빠와 밤산책을 나섰는데, 그날따라 유독 다른 집들 베란다에 줄지어 놓인 화분걸 이들이 눈에 띄었다. 마침 집 안에 화분 놓을 공간이 부 족해진 때라 더 그랬을 것이다. 우리 집에도 화분걸이 를 놓아야겠다는 생각이 들었다. 실내보단 바깥이 바람이나 햇빛을 받기에도 훨씬 좋으니.

다음 날 바로 까만 화분걸이를 구했다. 베란다 창문에 설치된 난간에 걸어놓고 쓸 요량이었다. 그냥 걸었더니 자꾸 기울어지길래 남는 화분 받침을 난간과 화분걸이 사이에 대어 평형을 맞췄다. 설치 작업을 마치자마자 특히 상태가 나쁜 허브들부터 여력이 되는 대로 모두 내놓았다. 거실 창문만으로는 부족해 내 방 창문에까지 화분걸이를 걸어야 했다. 거실에는 오전에, 내 방에는 오후에 햇빛이 잘 들어오니 그 정도면 나쁘지 않은 환경이었다.

화분걸이에 화분들을 놓고 물을 주면 물이 아래로 빠져 바닥에 떨어지는데, 다행히 아랫집을 피해 화단의 흙에 바로 떨어진다. 거실 화분걸이는 물을 잘못 주면 행인이 맞을 수도 있어서 조심해야 했지만, 내 방 화분걸이는 그럴 위험이 없었다.

하루는 거실에 있는데 내 방 쪽에서 난데없이 큰 소리가 들려왔다. 아빠 목소리였다. 대체 누구랑 저럴까 싶어 가보니 아빠가 창밖으로 머리만 내놓은 채 처음 보는 아주머니와 이야기를 나누고 있었다. 내 방 화분들을 구경하다 그새 옆동 아주머니아 안면을 튼 모양이었다. 알고 보니 옆동 화단을 가꾸는 분이었다고.

원래 내 방 창문은 부엌과 가까워서 환기할 때만 열고 평소에는 굳게 닫아 블라인드까지 쳐두곤 했는데, 화분걸이를 설치한 뒤부터는 방충망까지 열고 머리를 내놓는 장소로 바뀌고 말았다. 화분걸이에 있는 화분들에 물을 주려면 좀 우스꽝스러워도 자라처럼 목을 쑥 내밀 수밖에 없다.

그러고 보면 우리 빌라 단지는 언제나 식물들이 만발해 있다. 우리 동보다 낮은 지대에 있는 아랫동의 1층 화단은 꽃으로 가득하고, 옆동 화단도 틀림없이 누군가 관리하는 듯한 식물들이 빽빽하게 들어차 있다. 알고 보니 아빠와 막 안면을 튼 옆동 아주머니가 관리하는 화단이었다. 대형 물조리개에 물을 가득 담아 걸어오시는 모습을 종종 봤는데, 내 방 화분걸이에 물을 줄 때 그 물이 떨어지는 자리에 포도나무와 무화과나무를 심어두셨단다.

이런 상황을 그냥 지켜볼 아빠가 아니었다. 아빠는 아주머니를 돕겠다며 집에 있는 작은 물조리개 두 동을 가득 채워 내 방 창문으로 몸을 절반쯤 내밀고 물을 주곤 했다. 하지만 화단은 화분과 달리 워낙 면적도 넓고 땅이 깊어 그 정도론 어림도 없었다. 결국 아주머니의 것과 꼭 같은 대형 물조리개를 구비해 물을 주기 시작했다. 한번은 아예 베란다에 있는 수도에 관을 끼워 내 방으로 끌고 들어올 모의까지 했는데, 아무래도 그건 무리였다.

아빠는 장마가 오기 전 몇 주간 아주머니의 나무들을 마치 자기 것처럼 아끼고 돌봤다. 층간소음 항의를 제외하면 이 집에 10년 넘게 살면서 처음 있는 이웃과의 교류였다.

## 내 것이 아닌 땅

아빠는 옆동 아주머니와 화단을 가꾸더니 욕심이 늘어난 모양이었다. 아무래도 집에서 먹을 허브를 재배하면서 느꼈던 갈증이 다시 불쑥 올라온 듯했다. 언제든 편하게 오갈 수 있어야 한다며 우리 집 앞에도 화단을 개척하겠다고 선언했으니……

단지 관리실에서도 어느 정도 화단을 정비하긴 하지만, 구석구석 살펴보면 정돈되지 않은 곳이 훨씬 많다. 주민들도 별로 개의치 않는 눈치다. 제일 앞줄이라면 모를까 안쪽으로 갈수록 자세히 들여다보지 않는 법이니 그럴 만도 하다. 앞줄에 있는 향나무나 라일락은 건드리지 않고, 뒤쪽 라인의 흙을 정리해 먹을 것을 심어보겠다는 것이 아빠의 야심 찬 계획이었다.

관리실 사다리를 빌려 쓰는 옆동 아주머니를 따라 일단 사다리부터 주문했다. 이 빌라 단지는 경사가 아주 급해서 화단에서 현관으로 오르는 길만 해도 꽤 가파르다. 하지만 사다리로 만족할 아빠가 아니었다. 집에 있는 작은 모종삽과 포대에서 흙을 퍼낼 때 쓰는 플라스틱 삽 외에 작정하고 땅을 팔 수 있는 큰 삽이 필요했다. 삽은 아쉬운 대로 관리실에서 변통하기로 하고,

호미만 단골 철물점에서 사왔다. 평생 도시에서 살며 농활 한번 다녀온 적 없던 나는 그날 처음으로 호미를 만졌다.

대학 시절 농활만 갔다 하면 (농촌에) 뿌리박으라는 말을 들었다던 아빠는 능숙하게 사다리를 타고 내려가 호미로 흙을 파냈다. 가장 먼저 땅에 뿌리박고 있던 풀부터 뽑아내야 했다. 개중엔 뿌리가 꽤 굵은 나무도 있었다. 향나무나 라일락나무 옆에 달라붙어 자라고 있던 이름 모를 식물들 역시 제거 대상이었다.

아빠는 이름 모를 작은 나무 한 그루부터 뽑기로 작정한 모양이었다. 작은 풀들은 언제든 쉽게 뽑을 수 있으니. 겉보기엔 조그마한 나무여도 막상 땅을 파보면 뿌리가 상당할 거라는 아빠의 말은 과장이 아니었다. 굵은 뿌리는 내 한 손에 가득 차고도 남을 지경이었다. 땅에 아주 단단히 뿌리박고 있어 뽑을 엄두조차 나지 않았다. 아빠는 굴하지 않았다. 자리를 박차고 일어나 큰 삽을 땅에 꽂더니 발로 삽을 눌러 땅에 깊숙이 박고 흙을 퍼내기 시작했다. 이런 데 도통 재주가 없는 나는 그저 구경만 할 뿐이었다.

그렇다고 가만히 있을 수만은 없어서 이따금 호미로 뿌리 근처를 좀 더 세심히 파보거나 호미 날로 뿌리를 잘라보기도 하고, 삽을 뿌리에 대고 힘을 가해보는 등 나름대로 고군분투했다. 그렇게 조금씩 파고 자른 끝에 드디어 뿌리를 손에 쥐었는데, 뿌듯하긴커녕 기분이 이상했다. 맨손으로 쥔 뿌리가 너무 촉촉하고 부드러워서였을까. 우리 집에 있는 나무들을 떠올리며 이만큼의 뿌리를 키우기까지 몇 년이 걸렸을지 생각했다. 중간에 잘라내 아직 흙에 굳게 묻혀 있을 뿌리들은 또 얼마나 더 깊숙이 뻗어 있을지.

문득 내가 먹을 식물을 기르겠단 이유로 원래 살던 식물을 뽑아내는 일이 낯설어졌다. '도시농부'가 되어 채소를 자급자족해보겠다는 큰 포부는 어디로 간 건지. 게다가 이건 농사짓는 사람이라면 응당 거치게 되는 과정이었다. 이런 변명을 떠올리며 애써 마음을 달래보았지만 복잡해진 감정을 털어내는 게 말처럼 쉽지 않았다.

왜 어떤 식물은 이름이 있고, 어떤 식물은 없을까. 나는 왜 향나무와 라일락나무는 알면서 줄기에 가시가 조금씩 돋힌 이 나무의 이름은 모르는 걸까. 왜 나는 이름도 모르는 나무를 죽이고 그의 땅을 빼앗고 있을까. 집에 있는 나무는 애지중지하면서 왜 이 나무는 그렇게 쉽게 제거해도 된다고 생각했을까. 그 나무는 그곳에서 나보다 훨씬 오랫동안 뿌리내리고 산 존재가 아닌가. 땅도 나무도 애초 내 것이 아닌데……


## 낯설고도 익숙한

화단을 정리하다보면 자연스레 나무들을 잡거나 만지게 되는 순간이 있다. 처음엔 그 촉감이 무척 생소했다. 벌레가 없다는 걸 확인하고 손으로 조심스레 향나무 껍질을 문지르니 거칠고 투박한 결들이 느껴졌다. 그 느낌이 어쩐지 싫지 않았다. 사실 이런 감촉은 내게 아주 오랫동안 자연스럽지 않은 것이었다. 밖에서 자라는 나무에 손을 대어보고, 배양토나 상토 같은 정제된 흙이 아닌 날것의 흙을 만져본 게 언제였더라.

어릴 때 나는 유치원에 다니는 대신 '산집'이라 불리는 공동 육아 어린이집을 매일 오갔다. 상가가 즐비한 큰 도로를 달려 이름 모를 교회를 지나 골목 깊숙한 곳으로 들어가면 나타나는 넓은 단층집. 거기서 친구들과 수업을 듣고 놀거나 다투던 기억이 간혹 떠오른다.

가장 기억에 남는 건 산에 오르는 길이다. 산집이라는 이름답게 어린이집 바로 옆에 산이 있었고, 산에 오르는 길목에는 개울과 똥냄새가 진동하는 밭이 있었다. 겨울에는 개울에 얼음이 꽝꽝 얼었다. 그곳의 나무, 벌레, 흙은 어린 내게 무척 익숙했다. 아무렇지 않게 벌레를 만졌고, 나무 막대기를 주우며 놀았다.

학교에 들어간 후에도 한동안은 벌레와 나뭇가지, 흙을 만지며 많은 시간을 보냈다. 괜시리 느낌이 좋은 나뭇가지를 발견해 집까지 들고 오거나, 괜찮은 나뭇가지를 찾기 위해 땅바닥에 시선을 두고 걷는 날도 많았다. 놀이터에선 흙을 잔뜩 파내 구덩이를 만들고선 손을 깊숙이 넣었다 뺐다 했다. 촉촉하고 부드러운 그 흙을 나는 '옥토'라 불렀다(이런 말을 대체 어디서 배운 건지는 기억나지 않는다). 옥토에서 손을 꺼냈을 때 느껴지던 차갑고 미끈미끈한 감촉이 어렴풋이 기억난다.

언제부터인가 이런 것들은 낯설고 더러운 것이 되어 내 일상에서 사라졌다. 벌레가 눈에 띄면 으레 피하거나 죽이려 했고, 집에 있던 나뭇가지도 하나둘 쓰레기가 되어 버려졌다. 더 이상 흙을 만지는 일도 없었다.

향나무 껍질이 되돌려준 기억 덕분인지, 요즘엔 문득문득 내가 나와 늘 함께였던 것들과 줄곧 멀어져왔다는 생각이 든다. 그럴 때 나도 내가 참 낯설다. 식물을 기르게 되면서부터는 오히려 이렇게 물 주고 화단을 정리하는 모습이 훨씬 더 자연스럽다고 느끼게 됐다. 마치 오래전부터 그렇게 해온 것처럼.

집에서도 흙을 만지기는 하지만 어디까지나 정제된 분갈이용 흙이나 배양토, 마사토일 뿐이다. 그마저도 살짝 스치는 정도. 무엇보다 그런 흙엔 눈에 띄는 벌레가 별로 살지 않는다. 살더라도 아주 조금이며, 내가 통제할 수 있다고 믿는 화분 안이 전부다. 보이는 족족 살충제로 없애고 만다. 하지만 화단은 내가 감히 어쩌지 못할 만큼 크고 드넓은 땅이었다. 거기서 나는 플라스틱 의자에 쪼그려 앉은 조그만 존재에 불과했다.

이제는 어쩐지 학교를 오가며 매일같이 종이나 스크린을 쳐다보던 당연한 일상이 어색하고 이상하게 느껴진다. 지금껏 무엇이 계속해서 나를 흙, 벌레, 나무로부터 멀어지게 만들었던 걸까.

## 깊고 너른 세상

그 땅에는 나의 소유가 아닌 수많은 존재들이 살고 있었다. 화단에서 내가 마주한 건 하나의 거대한 생태계였다.

식물을 뽑아낸 자리에선 아주 작은 벌레들이 기어 나왔다. 특히 작은 개미들이 많았다. 어릴 적부터 벌레라면 질색을 했던 나도 유일하게 개미만큼은 귀여워했다(그래서 모든 외국어 공부가 '개미'라는 단어에서 시작하는 건지도).

집에서 식물들을 돌볼 땐 화분에서 벌레가 나올까 봐 늘 전전긍긍했었다. 흙 속에 알을 낳고 뿌리를 갉아 먹는 뿌리파리를 예방하기 위해 친환경 살충제를 사다 뿌리고, 수시로 흙을 유심히 관찰했다. 잎을 살필 때는 하얀 실 같은 것이 감겨 있진 않은지 확인했고, 바질잎에 하얀 먼지 같은 벌레들이 붙어 있으면 잎을 일일이 털어주고 살충제를 뿌렸다(그렇게 해도 다시 생기는 걸 보면 살충제도 그때뿐인 것 같다).

식물이 죽게 될까봐 무섭기도 했지만, 사실 벌레 자체를 없애고 싶은 마음이 컸다. 인간 세계에서 벌레란 언제나 죽여 마땅한 존재다. 혐오 대상이 되는 존재가 늘상 '충蟲'으로 소환되는 것도 결코 우연은 아닐 것이다. 파시스트가 행한 끔찍한 '인종청소'도 비슷하다. 누군가 '벌레'로 지칭되면 그는 언제든 손쉽게 죽여도 되는 존재가 된다.

무엇보다 집이란, 벌레가 있어선 안 될 자리다. 문

화인류학자 메리 더글러스의 지적처럼, 우리는 흔히 '제자리에 있지 않은 것'을 더럽다고 여긴다. 집은 인간의 공간이며 인간에게 좋은 것만을 들일 수 있는 공간이라는 관념이 벌레를 소탕해야 할 더러운 존재로 만드는 것이다. 다른 건 몰라도 '해충'을 잡아준다는 이유로 거미만큼은 죽이지 않는다는 사람들이 떠오른다.

어떤 벌레는 풀을 먹고, 그 벌레를 또 다른 벌레가 먹는 식으로 식물과 벌레는 긴밀한 관계를 맺으며 하나의 생태계를 형성한다. 나는 어쩌다 이 당연한 이치를 외면하게 되었을까? 실내에서 길러지는 식물이 벌레에 취약한 것은 어쩌면 그 벌레와 관계 맺는 다른 벌레들이 살 수 없는 환경이기 때문인지도 모르겠다. 원래 식물과 벌레는 함께 살아가는 존재인걸.


## 잡초

드문 일이지만 서오릉 사장님이 거침없는 손길로 식물을 대할 때가 있다. 죽은 잎을 떨어뜨릴 때, 그리고 화분에 있는 다른 풀, 즉 잡초를 뜯어낼 때. 잡초는 엄연히 살아 있는데도 죽은 것으로 취급되는 식물이다.

'잡초'라는 이름부터가 그렇다.

화훼 단지를 구경하다보면 분재가 괭이밥과 함께 자라고 있는 모습을 종종 볼 수 있다. 괭이밥은 사람들이 말하는 그 흔한 잡초 중 하나다. 나는 처음에 괭이밥을 색깔이 어두운 클로버로 착각했다. 작고 동글동글한 이파리가 서너 개씩 모여 있고, 가느다란 가지들이 빽빽하다.

어디서든 쥐도 새도 모르게 자라나 있는 것이 괭이밥이다. 씨앗이 언제 어디서 날아왔는지도 모르게 화분 틈바구니에서 식물과 함께 자라고 있다. 괭이밥 특유의 어마어마한 생존력이 나무의 성장을 방해하기 때문에 미리미리 뽑아내지 않으면 곤란한 일이 생긴다.

그렇지만 이것도 생이 있는 식물이라는 점이 나를 몹시 불편하게 했다. 특히 그 쨍한 노란색 꽃을 틔워 올렸을 땐 나도 모르게 뭉클해지고 말았다. 그래서 뽑아버리는 대신 따로 옮겨 심을 결심을 하게 된 것이다. 남아 있는 플라스틱 포트와 흙을 활용해 집이라 할 만한 것을 마련해주었다.

그러고 나서야 알게 된 사실이 있었으니, 괭이밥은 본래 햇빛이 있을 때만 잎과 꽃을 펼친다. 낮에는 클로버처럼 펼쳐지던 잎들이 밤이 되면 기울어 반쯤 접힌

우산 모양이 되었다. 괭이밥은 어느새 우리 집에서 가장 활발히 움직이고, 쑥쑥 자라나고, 잘 죽지 않는 튼튼한 식물이 되었다.

하지만 나조차 '잡초는 치워야 한다'는 강력한 전제에서 벗어나지 못했다. 새로운 괭이밥이 출몰할 때마다 포트가 늘어나 집 전체가 복작거리게 되자 미관상의 이유로 구석에 방치하게 된 것이다. 그러자 그 생명력 좋은 괭이밥들이 전부 말라 비틀어지고 쓰러졌다.

그러던 어느 날 괭이밥이 다시 모습을 드러냈다. 왜철쭉 화분에서였다. 잎들이 굵은 줄기를 중심으로 가지런히 모여 있는 모습이 어쩐지 꼭 나무 같아서, 그제서야 녀석에게 작은 화분 하나를 통째로 줄 결심이 섰다. 응어리진 마음이 조금은 풀리는 듯했다.

언젠가 화훼 단지에서 사온 작지만 어엿한 항아리 화분을 새집으로 낙점하고, 괭이밥이 방치되어 있던 포트 여기저기서 흙과 자갈을 조달해 작은 화분을 가득 채웠다. 집게로 주변의 흙을 조심스레 걷어내고, 괭이밥을 뽑아 엄지손가락만 한 화분에 옮겨주었다. 풀도 화분도 꼭 자기 주인을 찾은 모습이었다. 지금까지도 괭이밥은 햇빛이 잘 드는 좋은 자리에서 무럭무럭 자라고 있다.

## 진백 秦柏

작은 향나무를 기른 적이 있었다. 키가 30센티미터도 안 되는 나무였지만, 당시 기르던 나무 중에서는 몸집이 꽤 큰 편에 속했다. 사철 내내 푸릇한 나무를 보고 싶은 마음에 소나무를 들일까 하다 너무 비싸서 차선책으로 고른 게 진백이라는 향나무였다. 돈도 없고 공간도 마땅찮은데 무리해서 들인 화분이었다.

고운 자갈이 가득한 까만 플라스틱 화분에 꽤 굵은 줄기를 뽐내는 나무 한 그루가 우뚝 서 있었다. 정돈되지 않은 잎들이 빽빽해 가지가 잘 보이지 않았다.

분재 관리에 그닥 소질이 없는 나는 무성해진 나무를 종종 서오릉 사장님께 들고 간다. 하지만 진백은 다른 온라인 몰에서 산 것이라 차마 부탁드릴 염치가 없었다. 그 기회에 분갈이부터 다듬기까지 마스터해보자는 심산으로 하나부터 열까지 직접 하기로 했다.

나무를 분재로 만들기 위해 해야 할 일부터 정리했다. 정면 정하기, 가지치기, 잎 정리하기, 화분 고르기. 화분은 사장님 가게에서 사느라 약간 눈치가 보였지만, 그래도 거기까진 괜찮았다. 아빠와 함께 나무를 이리저리 돌려보며 정면을 정했다. 왼쪽에서 오른쪽 위로, 흡사 번개처럼 뻗어 올라가는 모습을 연출할 수 있을 것 같았다. 앞뒤로 무성한 잎들을 조금씩 잘라주니 줄기도 훨씬 더 잘 보였다.

하지만 여기서 만족할 순 없었다. 조금만 더 다듬으면 훨씬 더 멋진 분재가 될 것 같았다. 우선 조금 더 지켜보며 결정하자는 아빠의 말도, 너무 잦은 분갈이와 가지치기가 나무에 무리가 될 수 있다는 흔한 교과서적 지식도 무시했다. '더 멋있는 나무'를 만들기 위해 시작한 일을 얼른 끝내고 싶다는 마음뿐이었다.

당장 다음 날 다시 나무를 붙들고 정면을 노려보기를 반복, 어디가 지저분하고 만족스럽지 못한지 끊임없이 재단하며 가지를 잘라냈다. 두껍고 날카로운 무쇠 가위의 날에 가지들이 사정없이 잘려나가자 나무는 순식간에 휑한 모습이 되었다. 가장 굵은 중심 줄기 아래쪽으로는 더 이상 남아 있는 가지가 없었다.

그제서야 가위질을 거둘 수 있었다. 오른쪽 위로 뻗어 올라가는 전체적인 모양새, 그와 균형을 이루는 작은 가지들, 가지와 줄기를 가리지 않을 만큼 딱 알맞게 남은 잎들이 마음에 쏙 들었다.

## 욕심

그때만 해도 가지치기와 잎 자르기로 얻은 만족의 유통기한이 그렇게 짧으리라곤 전혀 예상치 못했다.

나는 지체 없이 '사리' 연출에 들어갔다. 사리를 통해 사람들은 수백 년에 걸쳐 말라 백골화된 노목의 모습을 인공적으로 표현한다. 그야말로 분재의 묘미라고나 할까. 풍파를 견디는 과정에서 나무껍질이 벗겨지고 긴 세월을 살아냈을 때 비로소 그런 모습이 드러난다고 해서 오랜 불도 수행의 결과로 생기는 '사리舍利'에 빗대어 표현하는 것이다. 말하자면 분재는 형태뿐 아니라 시간도 응축하는 행위이다.[18]

특히 소나무나 향나무 분재에선 수피를 벗겨 사리를 낸 것을 높이 평가한다. 그러나 분재 초보에겐 언감생심. 멀쩡한 껍질을 일부러 벗겨내고 그 자리에 석회유황합제라는 독한 물질을 바르는 고도의 기량이 요구되는 작업으로, 나무도 적잖이 스트레스를 받는다. 자칫하면 나무가 죽을 수도 있다. 이 위험천만한 일을 인간들은 병충해를 방지하고 뽀얀 흰색을 덧입혀 운치 있는 풍광을 연출한다는 명목으로 행한다.

나는 어렸을 때 학교에서 쓰던 목공용 칼을 찾아

나무를 통째로 들고 껍질을 깎아냈다. 껍질을 벗기는 작업은 역시나 순탄치 않았다. 실수로 어떤 부분은 더 많이 깎여나갔고, 매끈하던 나무가 외려 더 울퉁불퉁해지기도 했다. 그래도 요령을 습득하니 점점 더 수월하게 원하는 모양으로 껍질을 벗길 수 있었다.

뿌리 쪽에서부터 서서히 올라와 나무를 한 바퀴 휘감고 오른쪽 위로 올라가는 사리가 분재의 전체 상과 어우러지는 모습이 황홀할 정도로 아름다웠다.

그렇게 한 사흘 남짓 껍질을 깎았을까. 이제 석회 유황합제 희석액을 상처 낸 부분에 발라주기만 하면 되었다. 독한 약 냄새를 빼내려 베란다 창문을 활짝 열고 붓을 들어 작업을 시작했다. 희석액이 뿌리에 닿으면 나무에게 치명적일 수 있다는 주의 사항을 떠올리며 비닐로 뿌리를 꼼꼼히 봉했다.

완성된 사리는 근사했다. 온라인 쇼핑몰에 올라오는 수십만 원짜리 분재를 혼자 뚝딱 만들어내다니! 상처 부분이 점점 매끈하고 하얗게 변하는 것을 보고 있자니 더욱 뿌듯했다.

## 나의 욕심보다 나무의 삶

사리를 만들고 1~2주 정도가 지났을까, 나무가 심상찮은 조짐을 보였다. 나뭇잎 색이 눈에 띄게 변해 있었다. 밝은 초록빛은 온데간데없고, 몇몇은 힘없이 떨어졌다. 물도 비료도 잘 주었건만 이게 웬 날벼락일까.

놀랍게도 나는 몇 주 전 내가 저지른 일들을 완전히 망각했다. 결과물에 급급해 내가 얼마나 조급하게 일을 처리했는지는 전부 다 까먹은 것이다(심지어 석회유황합제라는 유독성 화학물질의 이름조차 잊어버린 탓에 글을 쓰며 다시 검색해야 했다). 나는 며칠에서 길게는 몇 주의 기간을 두고 진행해야 하는 일들을 단 일주일 만에 끝내버렸다. 나무가 얼마나 힘들지, 그 과정 하나하나를 견딜 수 있을지 깊이 고민하지 않은 채 아름다움에만 집착했다. 그 아름다움이 그저 나 혼자 멋대로 상상한 것에 지나지 않았다는 걸 너무 늦게 깨달았다.

이리저리 위치를 옮겨도, 물을 더 주거나 덜 주어도 해결되는 건 없었다. 문제는 잘못된 관리법이 아니라 시작부터 벌어진 대참사였으니. 매일같이 물을 주고 내가 만든 분재에 스스로 취해 감탄하는 동안 나무는 조금씩 죽어가고 있었던 것이다. 그것도 모르고 신나게 나무 사진을 찍어 친구들에게 자랑하고 있었다니.

결국 얼마 지나지 않아 진백의 이파리는 모두 떨어졌다. 누렇게 변한 잎이 손만 스쳐도 우수수 우수수. 더는 나무를 보기 괴로워 베란다 구석에 처박아두었다가도 이따금 미련하게 물을 주곤 했다. 이 죽음이 내 그릇된 욕심의 결과라는 사실을 애써 부정하면서.

몇 주가 지나고서야 겨우 받아들일 수 있었다. 땅에서 솟아난 붉고 푸른 번개 같던 그 나무가 이젠 없다는 것을, 그걸 만든 것도 죽인 것도 나라는 사실을. 왜 나는 처음의 그 작고 어린 나무의
모습 그대로 아끼지
못했을까.

화분에 덩그러니 남은 죽은 나무를 그만 보내주기로 했다. 흙을 덜어내고, 화분과 나무를 단단히 묶고 있던 굵은 철사를 잘랐다. 두부 상자로 흙을 옮겨 담으며 보니 뿌리가 분갈이를 하며 짧게 잘라주었을 때와 별반 다르지 않았다. 쉴 틈 없이 이어진 가지치기와 분갈이부터 문제였던 모양이다.

## 죽은 나무의 몸

진백을 흙에 버리고 싶진 않았다.

화분은 씻고 말려 구석에 두고, 흙은 두부 상자에 깔고, 철사는 버리면 그만이었지만 죽은 나무의 몸은 어찌해야 할지 몰랐다. 다시는 향나무를 들이지 않으리라 결심했다.

참 이상한 일이다. 로즈메리가 죽었을 땐 곧바로 새로운 로즈메리를 들여왔다. 새 로즈메리가 잘 자라는 동안 어디선가 사은품으로 또 다른 로즈메리를 받았고 그 역시 금세 죽었지만, 그렇다고 해서 잘 자라고 있는 로즈메리를 볼 때 슬프거나 괴롭지는 않았다.

하지만 진백은 내게 영원히 죽음으로 기억될 것

같다. 살아 있는 또 다른 진백을 만나도 내가 죽인 그 진백을 떠올리게 될 것 같다. 무엇보다 진백 특유의 그 질감을 내 몸이 생생히 기억한다. 두터운 줄기에 붙은 거칠거칠한 나무껍질이 내 손을 기분 좋게 긁어주던 느낌, 오밀조밀하고 단단한 초록색 잎이 손가락에 닿을 때의 감각이 아직도 선명하다.

기억은 다양한 감각으로 이루어져 있다고 한다. 시각, 청각, 촉각, 미각, 후각…… 그 많은 것들 중에서 나는 유독 촉각에 의지하는 편이다. 왜 그런지는 잘 모르겠지만, 오랫동안 잊고 지낸 어떤 대상을 떠올릴 때면 가장 먼저 촉각이 발동한다. 배드민턴 라켓을 사용한 지 오래되어 군데군데 벗겨진 낡은 그립의 촉감으로, 그리운 사람을 그의 손과 내 손이 닿았을 때의 촉감으로 기억하고 있달까.

진백나무의 감촉은 내게 가장 아픈 기억으로 남을 것이다. 그 질감을 오래오래 간직하고 싶은 마음에 나무를 말려 보관하기로 했다. 몇 번에 걸쳐 잎과 뿌리를 정리하고, 마른 뿌리가 전부 사라질 때까지 씻고 말리기를 반복하니 지금처럼 초록빛 하나 없는 앙상한 나무의 모습이 되었다.

이따금 한 번씩 나무를 만질 때면 꼭 죽은 사람의

뼈를 손에 쥐는 것만 같다. 사라진 잎을 상상할 때면 마음은 더없이 허전해진다. 내가 없애버린 무성한 잎과 가지들, 내가 나무를 괴롭힌 그 시간들을 결코 잊지 말아야지.


## 장금길 17


필드워크로 계화도라는 섬을 방문한 적이 있다. 그때 가장 먼저 눈에 들어온 게 낡은 배수갑문이었다. 본래 배수갑문은 갯벌에 드나드는 물의 양을 조절하는 역할을 한다. 배수갑문이 처음 설치될 때 맨손어업에 종사하는 사람들이 크게 반발했다는 이야기를 마을 분들에게 들었다. 문제는 이뿐만이 아니었다. 수차례에 걸친 국가사업 탓에 바다도 점차 부지敷地로 변했다고 한다. 물살이가 살던 곳에는 벼가 자라거나 크레인이 굴러다니고 있었다. 떠나는 이들만 있고 새로 들어오는 이들은 없는 마을이었다.

필드워크가 처음인 데다 원체 낯을 많이 가리는 성격 탓에 사람들에게 먼저 말을 붙이지는 못하고 친구가 말을 걸면 옆에서 그 대화 내용을 받아쓰기 바빴다.

집들도 관찰했다. 부서진 문, 내려앉은 지붕, 닭도 개도 없이 굳게 잠긴 철창, 방치된 그물, 어쩐지 미련이 남은 듯한 '○○ 수산' 간판, 주인 없는 집을 점령한 거대한 거미줄…… 대문이 다 부서진 텅 빈 집들에는 이름 모를 풀들만 무성했다.

무너진 창고로 보이는 곳에 유독 눈길이 갔다. 잿빛 콘크리트로 견고하게 세워졌지만 안은 버려진 온갖 물건들로 어질러져 있었다. 그 사이를 비집고 바닥 틈새를 채우거나 벽을 타고 올라가는 식물들이 있었다. 벌레를 품은 식물들, 벌레를 잡기 위해 이주해온 거미들. 너희는 거미줄을 버리고 여기로 왔구나.

친구들과 함께 그곳에서 꽤 오랜 시간을 머물렀다. 아무도 다니지 않는 길 한복판에 뜬금없이 놓여 있는 부서지다 만 듯한 건물. 이제는 사람이 아니라 식물과 벌레들의 터전이 된 건물. 우리는 그곳을 더 알고 싶었다(어쩌면 착한 친구들이 그 공간에 푹 빠진 나를 배려해준 것일지도). 구석구석 사진을 찍고, 일렁이는 바람을 풀들과 함께 맞았다.

건물에서 나와 길을 걷다 한 농가에 들렀다. 구석진 곳에 있던 그 건물에서 마을 쪽으로 가는 길목 어귀에 자리한 집이었다. 농사용 마스크를 낀 할아버지 한

분에게 처음으로 용기를 내 쭈뼛쭈뼛 말을 걸었다.

"저, 안녕하세요. 저희는 서울에서 온 학생들인데, 하나만 여쭤봐도 될까요? 옆에 있는 저 건물은……"

내 질문에 할아버지는 버려진 지 족히 30년은 넘을 건물이라고 했다. 원래 어업이 성행하던 시절에 물건을 싣고 내리던 어촌계 창고였단다. 그러고 보니 밥상은 물론 유행이 한참 지난 듯한 포장지로 쌓인 물건들이 있었던 게 생각난다. 밥상과 바닥에는 전날 내린 빗물이 고여 있었다. 빽빽이 자라난 풀들 사이로 무당벌레들이 잔뜩 돌아다니는 것도 볼 수 있었다.

나는 섬의 기반시설이 모두 무너졌다고만 생각했다. 농가 바로 앞에 있는 높은 정자에 오르면 보이는 인공계곡은 물론 근처에 있는 운동시설도 사람의 발길이 끊긴 지 오래된 눈치였다. 그러나 이건 철저히 인간의 시선일지 모른다. 우리에게 황폐해 보이는 이 시설들이 식물과 곤충들에겐 여전히 쓸모 있을 수도 있으니.

그래서일까, 식물과 벌레가 점령한 지 오래인 창고 건물에 "장금길 17"이라는 도로명 주소 표지판이 붙어 있는 모양새가 내겐 퍽 인상적이었다. 망가질 대로 망가져서 폐허가 된 건물에 새 도로명 표지판을 붙여놓다니. 정확한 이유는 알 수 없지만 국가 행정은 아직 이 건물을 포기하지 못했나보다. 그야말로 인간의 미련이 덕지덕지 붙어 있는 곳이었다.


## 나의 피사체


그 건물에 눈길을 빼앗긴 건 나의 사진 취향 때문이다. 평소 나는 인물사진을 거의 찍지 않는다. 건물이나 식물, 하늘 정도가 내가 찍는 사진의 전부일 것이다. 그중에서도 유독 즐겨 찍는 것들이 있는데, 연식이 오래되어 얼룩덜룩 지저분한 회색의 시멘트나 콘크리트에 낀 이끼, 부서진 틈에서 빼꼼히 고개를 내민 식물을 발견할 때면 사진을 찍지 않고는 배길 수 없다.

"장금길 17"이라는 명칭을 부여받은 그 건물과 다른 무너진 집들에도 어김없이 식물들이 자라고 있었다. 나는 사람이 떠나간 자리를 사진으로 열심히 남겼다. 그런 일은 많았다. 가족 모두 즐겨 찾는 연희동 우동집에 가면 꼭 그 옆에 있는 건물을 찍었다. 아무도 살지 않을 것 같은, 문은 반쯤 부서졌고 갈라진 벽 틈새로 녹물이 흐르는 건물. 지저분한 바닥의 틈새로는 풀들이 자라고 있었다. 그렇게 찍은 사진을 약간의 보정 작업을 거쳐 (늘 열심히 작성하지만 충분히 만족스럽지 않아 슬픈) 대체 텍스트와 함께 인스타그램에 올리곤 했다.

그러던 어느 날, '당근마켓' 중고거래 때문에 생판 모르는 동네에 갈 일이 생겼다. 코로나19가 터지고 한동안 우리 가족의 유일한 취미는 중고거래였다. 거래하는 물건의 크기가 원체 크기도 했고, 감염 위험을 줄이고자 주로 차를 끌고 갔다. 아빠가 운전을 했다. 대부분의 시간을 집에 갇혀 지내는 내게 중고거래는 소소한 일탈 같은 것이었다. 우린 늦은 시간에도 종종 중고거래 겸 드라이브를 하러 나갔다.

그날은 오래 묵은 좌식 책상을 팔러 갔다. 책상을 차에 싣고 한밤의 드라이브를 즐겼다. 집에서 출발한 지 15분 정도 되었을까, 우리는 어느새 난생처음 가보는 동네에 도착했다. 경사가 꽤 급한 오르막길을 오르는데 가로등 켜진 곳도 거의 없고 도로도 점점 좁아졌다. 길가에 드문드문한 집들도 전부 불이 꺼져 있었다.

내리막길을 따라 내려가니 훨씬 많은 집들이 나타났다. 대체로 지어진 지 수십 년은 족히 넘은 듯한 단층의 판잣집들로, 역시나 불 켜진 곳은 드물었다. 인적 하나 없이 어두컴컴하고 스산한 기운에 압도되어 초조하게 창밖을 살폈다.

얼른 집으로 돌아가고 싶었다. 아니, 돌아가고 싶었다기보다 어디든 그저 차가 많고 훤한 곳으로 나가고 싶었다. 거래를 끝내자마자 황급히 발길을 돌렸다. 구불구불하고 경사진 길들이 쉬이 경로를 내주지 않았다. 이곳저곳 헤매다 간신히 길을 찾아 나가려는데 벽하나가 눈에 띄었다. 사람이 사는지 안 사는지 알 수 없는 집 담벼락에 담쟁이덩굴과 이름 모를 풀이 자라고 있었다.

지금껏 찍은 수십수백 장의 사진이 순간 머릿속을 스치고 지나갔다. 우리 빌라 주차장 바닥과 계단의 갈라진 틈에서 돋아난 새싹들, 계화도에서 본 뼈대만 남은 "장금길 17" 건물과 무너진 집들, 그 집 구석구석을 마치 제 집처럼 점령한 풀들. 시멘트나 콘크리트 같은 공업용 자재 틈바구니에서도 자라나는 식물들이 나로 선 참으로 놀랍다. 그런 광경을 마주할 때면 문득 그 피사체들이 어떤 역사와 내력을 가지고 있을지 궁금증이 폭발해 나 홀로 끝없는 상상의 나래를 펼치게 된다.

그날 그 동네를 벗어나 집으로 돌아오는 길 내내 그 장면들을 복기했다. 엄마와 아빠의 대화는 귀에 들어오지도 않았다. 곧 재개발이 예정된 동네인 것 같다는 이야기만 어렴풋이 기억날 뿐이다.

사실 그곳은 누군가에겐 현재 진행형인 삶의 공간이자 지켜야 할 공간일 수도 있다. 또한 비어 있는 건물이나 집들은 과거에 그곳을 지키려다가 죽거나 다쳤을지도 모를, 혹은 죽음과 폭력의 위협을 피해 떠난 사람들이 남긴 흔적일지도 모른다.

　나는 부서진 잔해의 틈에서 자라는 식물이 아름답다고만 생각했지, 식물이 어떻게 그런 데서 자랄 수 있게 되었는지에 대해서는 생각해본 적이 없었다. 식물이 그런 곳에 터를 잡은 건 어쩌면 더 이상 사람이 살지 않아서 가능한 일이었을지도 모른다. 다짜고짜 카메라를 들이댈 땐 미처 깨닫지 못한 것들이다.

　지금껏 나는 왜 그런 피사체들에 애정을 품었던 걸까. 그 사진들로 다른 사람들이나 나 스스로에게 어떤 이야기를 건네고 싶었던 걸까. 이런 고민 없이 계속 사진을 찍는 게 무슨 의미가 있을까.

　전처럼 자주는 아니지만 지금도 가끔 비슷한 사진들을 찍는다. 최근엔 세검정 근처 홍제천을 따라 걷다 발견한 풍경을 카메라에 담았다. 용도를 알 수 없는 구멍이 곳곳에 뚫려 있는 지저분한 콘크리트 벽, 바닥에 나뒹구는 흙과 쓰레기, 물속에서 흔들리는 풀이 비치는 수면, 부서진 돌, 인도를 활보하며 무언가를 쪼아 먹는 비둘기들.

그렇지만 더 이상 누군가 살고 있거나 살았던 곳은 찍지 않기로 했다. 솔직히 털어놓자면 이젠 인적이 없는 곳도 썩 내키지 않는다. 피사체들의 역사를 내가 가늠조차 할 수 없다는 걸 이제는 잘 알기에. 그러면서도 여전히 카메라를 만지작거리는 나 자신이 우습기도 하지만.

7

식물이 낭만적이라고?

## 유튜브 알고리즘에 이끌려

나는 유튜브로 요리 동영상이나 맛집 리뷰를 많이 보는 편이다. 그중에서도 가장 많이 보는 건 단연 뮤비(뮤직비디오)다. 좋아하는 음악을 들으면서 그에 걸맞은 다채로운 영상까지 함께 감상할 수 있다는 게 뮤비의 가장 큰 메리트일 것이다.

지금껏 가장 많이 챙겨 본 뮤비는 하늘을 찌를 듯한 고음으로 유명한 뮤지션 시아Sia의 것이다. 나는 그 시원시원한 고음만큼이나 뮤비에 완전히 매료되었다. 〈Chandelier〉 뮤비에 꽂혀 그의 모든 뮤비를 샅샅이 뒤져 정주행했고, 결국엔 팬을 자처하게 되었다.

그렇게 유튜브 시청 목록에 시아의 뮤비 리스트가 쌓여가던 어느 날, 신통하기 짝이 없는 유튜브 알고리

즘이 나를 어느 노르웨이 가수의 영상으로 이끌었다. 오로라AURORA라는 가수가 부른 〈Running With The Wolves〉라는 노래의 뮤비였다. 디스토피아 소설이나 넷플릭스 시리즈 〈블랙 미러〉를 연상시키는 황량한 사막과 고층 건물이 빽빽이 들어선 도시 풍경. 도시 전체를 휘감은 듯한 수 겹의 철사가 오로라의 몸 또한 옥죄고 있다(몸이 철사와 분리되지 않는 상태). 철사를 몸에 감은 채 걷던 오로라는 돌연 철사를 모두 뜯어내고 풀이 무성하게 우거진 강가로 뛰어든다.

취향에 맞는 노래와 영상을 발견한 기쁨에 흥분하며 다른 뮤비들을 더 찾아보니, 자연과 식물의 이미지가 특히 두드러졌다. 숲과 강을 배경으로 진행되는 〈Runaway〉, 계곡의 흙, 풀, 바위 혹은 광활한 바다가 교차적으로 등장하는 〈I Went Too Far〉, 가사 영상lyric video임에도 배경이 꽃과 풀 일러스트/영상으로 가득한 〈The Secret Garden〉 등등.

> When the last tree has been cut down,
> The last fish caught,
> The last river poisoned,
> Only then will we realize

We cannot eat money.

마지막 나무가 잘린 뒤에야,

마지막 강이 더럽혀진 뒤에야,

마지막 물고기가 잡힌 뒤에야,

비로소 당신들은 깨닫게 되리라.

사람은 돈을 먹고 살 수 없다는 것을[19]

— Cree Indian Proverb

무엇보다 인상 깊었던 건 〈The Seed〉와 〈The River〉였다. 특히 〈The Seed〉는 '크리 인디언 격언'의 일부인 "We cannot eat money"를 가사 전반에 활용하여 생태주의적 메시지를 전달한다. 뮤비에는 신호등이 태풍에 흔들리고, 빙하가 무너지는 환경 위기의 순간들, (백인 참가자가 주를 이루는) 집회 풍경들이 교차적으로 등장한다. 여기서 내 눈길을 사로잡은 건 오로라가 식물을 활용하는 방식이었다. 그의 뮤비를 보며 품게 된 궁금증이 지금까지도 나를 붙들고 있다고 고백할 수밖에 없을 것 같다.

〈The Seed〉 뮤비에서 매미가 탈피하고 날개를 펼치는 모습은 꽤 극적으로 묘사된다. 탈피한 매미는 크게 확대된 사이즈로 갑자기 영상에 등장하는데, 이때 오로라는 매미와 비슷한 동작을 취한다. 정면으로 손을 뻗다가 매미가 날개를 펼치듯 고개를 뒤로 꺾고 몸을 젖히는 격렬한 안무가 꽤 길게 지속된다. 매미가 날개를 펼치는 모습은 새싹이 돋아나는 장면, 식물이 뿌리를 뻗는 장면 등과 같은 계열을 형성한다. 궁극적으로 환경 위기에 맞서 상상할 수 있는 희망 내지는 대안을 제시하려는 게 아닐까 싶다.

〈The Seed〉가 환경 위기를 극복할 희망 혹은 환경 위기 이후에 찾아올 싱그러운 초록의 세상으로 식물의 생명력을 표현한다면, 그보다 한 달쯤 뒤에 발표된 〈The River〉의 뮤비는 약간의 변화를 꾀해 사람의 눈에서 새싹이 돋아나는 모습을 연출한다. (뮤비 안에서) 싹을 자르던 오로라는 자신이 잘라도 싹은 계속 자라난다는 사실을 깨닫고는 숲으로 들어가서 꽃잎을 이불 삼아 눕는다. 평소 오로라가 소셜 미디어상에서 종종 생태주의적 발언을 한다는 사실로 미루어볼 때, 그의 음악은 자본주의에 제동을 걸고, 사람도 결국 자연의 일부라는 사실을 받아들여야 한다는 메시지를 전하려는 것 같다.

## 낭만화의 배후에는

하지만 뭔가 찜찜했다. 음악과 영상, 메시지 모두 좋은데 왜 이렇게 마음이 불편할까. 아무래도 그의 뮤비가 식물을 지속적으로 낭만화하고 있다는 느낌을 지울 수 없었다. 어쩌면 자연을 인간 혹은 문명의 대립항으로 세우는 뿌리 깊은 이분법이 그런 낭만화를 초래한 건 아닐까?

자본주의가 환경을 심각하게 파괴했다는 것은 부정할 수 없는 사실이지만, 자연과 인간 혹은 자연과 자본주의를 대립쌍으로 묶는 일은 위험할 수 있다. 인간 혹은 인간이 만들어낸 자본주의가 자연의 외부에 있다고 전제하기 때문이다. 울리히 벡이라는 학자에 따르면, "자연과 사회의 대립"은 끝난 지 오래다. 그는 20세기 말의 상황을 두고 이렇게 말했다. 그의 말처럼 우리는 실제로 "자연이 더 이상 사회의 외부로, 또는 사회가 자연의 외부로 이해될 수 없"는 그런 시대를 살고 있다.[20] 자연은 이미 산업 사회 혹은 문명의 내부로 포섭되었으며, 그 복잡다단한 관계를 세밀히 탐구하지 않으면 근대화의 위험에 제대로 대처할 수 없다. 오로라의 뮤비가 줄곧 채택하는 낡고 거친 이분법이 과연 지금의 현실을 제대로 간파할 수 있을까.

　게다가 〈The Seed〉 뮤비는 문화적 도용cultural appropriation의 혐의를 받기도 했다. 크리 인디언의 격언으로 시작해 배경이며 안무, 패션 등에서도 평소와는 다른 연출을 선보인 것이 문제가 되었다. 레딧Reddit이라는 온라인 커뮤니티에 마련된 오로라 팬들의 게시판에 자신을 북아메리카 토착민으로 소개하는 몇몇 이들이 뮤비에 강한 거부감을 표출한 것이다. 이들은 특히 뮤비의 인트로를 여는 크리 인디언의 격언이 활을 쏘는 동작에서 착안한 듯한 안무, 거대한 파란색 사각형과 빨간색 원이 결합된 배경과 어우러지는 것을 문제 삼았다. 토착민을 박해했던 역사가 있는 노르웨이의 가수가 '인디언처럼' 꾸미는 것은 부적절하다는 지적이었다.

　뮤비에 등장하는 변화의 주체가 거의 백인으로 재현되고 있다는 점은 이 지적에 더욱 힘을 실어준다. 기후 변화나 환경 문제에 목소리를 내는 토착민들이 꽤 많은데도, 오로라의 뮤비는 그들의 문화만 빌려올 뿐 그들을 변화의 주체로 상정하지 않는다. 하지만 재현과 도용의 문제는 너무도 모호해서, 그를 '유죄'라고 보기도 '무죄'라고 보기도 어렵다. 굳이 따지고 들자면 '증거 불충분으로 인한 불기소 처분' 정도랄까.

이것은 그저 우리와 먼 노르웨이의 한 가수 이야기가 아니다. 문화적 도용을 둘러싼 논란은 한국 가요계에서도 심심찮게 발생한다. 한 기사는 여러 한국 뮤지션의 사례를 언급하며 이 문제를 제기하기도 했다. 그중에서도 가장 눈에 띈 건 걸그룹 오마이걸 멤버 유아의 솔로 데뷔곡 〈숲의 아이〉 뮤비에 관한 지적이었다. 숲과 식물, 야생동물로 대표되는 자연을 낭만화하는 여러 이미지를 전시하는 이 뮤비를 두고 해외 케이팝 팬덤에서 아메리카·폴리네시아 원주민들의 문화를 도용한 것이 아니냐는 비판을 제기한 것이다. "인간 사회를 벗어나 태초의 세계를 동경하는 콘셉트"가 산업 사회와 산업화 이전의 토착 문화를 단순히 대립시키는 방식으로 구현된다는 점에서,[21] 이 뮤비 또한 오로라의 사례와 맥을 같이한다.

식물을 낭만화하는 일은 궁극적으로 식물의 문제를 넘어선다. 식물의 생명력은 분명 경이롭지만, 그 생명력을 자연과 문명이라는 성기고 나이브한 이분법으로 포착하는 것이 정당하다거나 유효하다고 말하기는 어려울 것 같다. 우리에게 필요한 건 오히려 적극적인 의심이 아닐까? 식물을 인간과 뚝 떼어놓고 마치 순수한 자연이 존재하기라도 하는 듯 그려내는 태도야말로 세상을 파국으로 몰아가는 근대화의 논리를 숨기고 있다는 사실을 잊어선 안 된다.

이런 생각들로 머릿속이 뒤죽박죽이던 와중에 설상가상 격으로 오로라가 〈겨울왕국 2〉의 OST 작업에 참여했다는 소식을 접했다. 영화를 본 친구는 내게 이 영화 역시 내가 본 여러 편의 뮤비들이 답습한 오류를 되풀이하고 있다는 비판적인 감상평을 들려주었다.


## 〈모노노케 히메〉와 〈겨울왕국 2〉의 간극


보통 나는 새벽녘이 훨씬 지나서야 잠자리에 들곤 한다. 얼마 전엔 운 좋게도 비교적 이른 시간대인 새벽 한 시쯤 잠든 날이 있었다. 하지만 그것도 잠시, 모기가 이제 막 간신히 잠든 불쌍한 인간을 물어뜯는 바람에 겨우 네 시간 만에 깨버렸다. 깨고 나니 다시 잠을 청하기가 어려워 오전 일과를 시작했다. 이게 그주 월요일의 일이다. 자가면역질환과 약 복용으로 인한 무기력, 떨어질 대로 떨어진 체력 탓에 불면으로 망친 컨디션을 일주일 내내 끌고 가야 했다.

해야 할 일을 하지 못할 때는 어김없이 TV를 튼

다. 그날은 영화 두 편을 연달아 봤다. 〈모노노케 히메〉 (1997)와 〈겨울왕국 2〉(2019)로, 두 영화의 시차는 20년이 넘는다. 〈모노노케 히메〉는 넷플릭스를 보고 이야기 나누는 모임에서 함께 보기로 한 작품이었고, 〈겨울왕국 2〉는 친구에게 추천받은 것이었다. 친구는 안나와 엘사의 관계, 자연과 문명을 다루는 방식 두 가지에 초점을 두고 영화를 봤다고 했다. 먼저 본 오로라의 뮤비와 〈모노노케 히메〉 탓이었는지 나도 자연스레 자연과 문명 혹은 자연과 인간의 관계를 풀어내는 방식에 집중하며 감상했다.

〈모노노케 히메〉에는 산에서 철광석을 캐내 더 강한 무기를 만든다는 명목으로 신에게서 산을 빼앗는 인간들이 등장한다. 영화는 그런 인간의 욕망이 얼마나 폭력적인지 고발한다. 말하자면 '숲과 숲을 지키는 신들'과 '탐욕스러운 인간들'의 대립이 영화의 기본 구도를 형성한다.

〈겨울왕국 2〉도 비슷하다. 숲에서 정령들과 함께 살아가는 '노덜드라' 사람들과 성에 사는 '아렌델' 사람들 사이에 벌어지는 갈등을 축으로 이야기가 전개된다. 아렌델 사람들이 설치한 댐이 화근이 된다.

'백수모델'이라는 필명의 글쓴이는 이 영화에 관해

흥미로운 해석을 제시한다. 〈겨울왕국 2〉가 과거 노르웨이인과 그곳의 황인 소수민족인 사미인 사이에서 실제로 발생한 대립을 모티브로 삼아 만들어졌다는 것이다.[22] 꽤 설득력 있는 분석이다. 만일 그렇다면 노덜드라는 사미족에, 아렌델은 노르웨이인에, 아렌델이 건설한 댐은 알타 수력발전소에 상응한다. 그러고 보면 〈겨울왕국 2〉는 꽤 정교한 스토리라인을 동원해 인간/문명의 자연 침해 문제를 다루는 콘텐츠다.

오로라는 〈겨울왕국 2〉의 OST 중 가장 히트한 〈Into the Unknown〉에서 엘사를 부르는 정령의 목소리 파트를 맡았다. 그 목소리를 따라간 엘사는 과거의 진실을 파헤치고, 그 진실과 마주한 안나는 댐을 파괴해야만 정령들이 돌아올 거라고 확신한다. 다만 영화는 현실과 달리 아렌델 지역을 수몰시키지 않는 해피엔딩을 택한다. 이와 달리 현실에서는 알타 수력발전소가 건설될 때 사미인들이 사는 마을이 수몰되었다.

〈겨울왕국 2〉는 위기를 어떻게 극복할까? 자연의 정령들이 미리 아렌델 사람들을 대피시키자 기다렸다는 듯이 댐이 파괴되어 엄청난 양의 물이 텅 빈 아렌델로 향하고, 이때 엘사가 말의 형상을 한 물의 정령을 타고 나타나 거대한 빙벽을 세워 아렌델의 수몰을 막는다. 그렇게 모두가 안전하게, 조화를 이루며 살아가게 되었다는 해피엔딩.


## 연루되기


나는 〈겨울왕국 2〉의 결말에 불만이 많다. 갈등이 해결되고 모든 이들이 화합을 도모하게 되는 해피엔딩이 납득하기 어려웠다. 사실상 영화가 책임의 문제를 지우고 있다고 느꼈기 때문이다. 수많은 사람과 자원이 동원되는 댐 건설은 왕의 단독 결정이나 책임만으로 해결될 수 있는 문제가 아니다. 댐에서 이익을 취해온 아렌델 사람들 전체가 성찰하고 공동체의 기억으로 남겨야 할 중대한 역사적 문제를 엘사라는 영웅의 활약으로 뒤덮어버린 이 선택이 내겐 여러모로 마뜩찮다.

〈모노노케 히메〉는 〈겨울왕국 2〉보다 20년도 더 전에 만들어졌지만, 공동체의 책임이라는 측면에서 훨씬 더 깊은 성찰을 보여준다. 〈모노노케 히메〉에 등장하는 인간들은 탐욕에 집착한 나머지 숲을 지키는 동물들과 신들을 모두 죽이고, 그걸로도 모자라 숲의 가장 높은 신인 '사슴신'의 머리를 강탈한다. 신이 이 머리를 되찾기 위해 숲을 헤집는 탓에 숲은 모두 파괴되기에 이른다. 마음을 바꾼 인간들이 신에게 머리를 돌려주지만, 때는 이미 늦는다. 신은 죽고, 신의 죽음은 거센 바람을 일으켜 제철소가 있는 마을을 무너뜨린다.

〈겨울왕국 2〉와 달리 〈모노노케 히메〉의 결말은 평화롭지 않다. 하지만 그보다 훨씬 더 현실적이고 윤리적이다. 자연이 파괴될 때 인간의 삶 또한 붕괴한다는 것은 너무나 당연한 이치 아닌가. 사건에 연루된 모든 이가 자신이 저지른 일에 책임을 지며 살아가는 쪽을 선택하는 것도 인상적이다. 공동체가 무엇을 함께 고민할 수 있는지 곱씹게 하기 때문이다. 한 명의 영웅이 뿌리 깊은 갈등을 일거에 해소하고 빚어낸 '아름답고 깔끔한' 결말보다, 실패를 안고 폐허가 된 땅에서 새롭게 출발하는 '찝찝한' 결말이 지금 여기를 살아가는 우리에게 진짜 필요한 서사가 아닐까.

공교롭게도 〈모노노케 히메〉에도 식물이 등장한다. 영화는 결말에서 식물을 낭만화하지 않으면서 식물의 생명력을 존중하고 그것과 관계 맺을 수 있는 방식을 고민하는 듯하다. 사슴신의 죽음으로 마을이 파괴되고 나무와 풀도 생을 다하지만, 그 자리에 곧 작은 새싹들이 가득 돋아난다. 그건 신과 숲이 준 마지막 기회다.

생명의 아름다움, 강인한 생명력, 미래의 희망 따위가 아니라 우리에게 남은 마지막 기회. 이것은 생명이 우리가 살아갈 수 있는 유일한 토대라는 깨달음이기도 하다. 인간은 언제나 자연을 통제하고 정복할 수 있다고 믿지만 우리의 터전은 실상 얼마나 취약한가. 작고 여린 푸른 잎들의 의미를 나는 그렇게 해석한다.

나 역시 먼발치에서 식물을 감상하기만 할 때는 꽃과 풀, 새싹을 그저 아름답다고만 여겼다. 그러나 식물과 한 공간에서 살아가는 지금 내가 느끼는 것은 일종의 책임감이다. 그 생명의 아름다움보다, 우리가 함께하기 위해 내가 져야 하는 책임에 어떤 것들이 있을지 종종 생각한다.

어떤 존재와 함께한다는 건 결국 '책임에 연루되는 일'일 테니. 지금처럼 식물과 살지 않았다면 나 역시 〈모노노케 히메〉의 그 새싹들을 그저 '신이 남겨준 선물'쯤으로 가벼이 여기고 지나쳤을지 모른다.

8

어떤 모습으로 자랄지

알 수 없지만

## 아레카야자

파키라가 집에 들어온 지 얼마 되지 않아 아레카야자도 우리 식구가 되었다. 둘 다 공기정화 식물로 유명한데, 파키라는 거실에 있으니 내 방에도 공기정화 식물이 하나 필요하다는 게 아빠의 주장이었다. 아레카야자가 몸이 좋지 않은 나에게 도움이 될 거라고. 가늘고 긴 초록색 줄기 위에서 좁고 뾰족하고 긴 초록색 잎들이 돋아난 아레카야자는 딱히 내 취향이 아니었다. 나는 '딱 봐도 나무'인 식물을 좋아한다.

그런데 언젠가부터 아레카야자의 상태가 나빠지기 시작했다. 물도 적당히 주고, 환기도 충분히 시켜주고, 햇빛도 듬뿍 쏘여주었는데 어찌 된 영문인지. 아레카야자의 잎이 힘을 잃고 색이 바래가는 동안 나는 일이 바쁘다는 핑계로 화분을 외면했다. 이파리 전체가 힘을 잃는 지경에 이르러서야 부랴부랴 화분을 들쳐 업고 구입처를 찾았다. 거기서도 원인은 알 수 없었으나, 어쨌든 남은 뿌리와 줄기는 살아 있으니 잘 관리하면 잎이 다시 날 거라 했다.

우선 위치부터 옮겨보기로 했다. 마땅히 남는 자리가 없어 고민을 거듭하다 바깥에 두고 경과를 지켜보자는 아빠의 의견에 따랐다. 어차피 물을 자주 줄 필요도 없는 데다 바깥이라면 환기 걱정도 없고 햇빛을 받기에도 충분할 테니. 그렇게 아레카야자는 우리 빌라동 출입문 쪽으로 나 있는 계단 벽에 올라 종일 햇빛을 받았다.

며칠이 지나자 흙 속에서 새싹이 하나 올라오더니 꾸준히 자라 긴 잎들을 뻗어내기 시작했다. 지금은 바로 옆에 또 다른 싹 하나가 방긋 올라와 활짝 필 날을 기다리고 있다.


## 의문의 다육이

바람이 세차게 불었던 2020년 여름 어느 날엔 황

당한 일도 있었다. 태풍이 오기 전 강한 비바람이 상습적으로 불어닥치던 때였다. 화분걸이에 있는 화분들은 비를 피해 잠시 들여놓기라도 할 수 있었지만, 바깥에 있는 화분 하나하나까지 꼼꼼히 챙기기는 쉽지 않았다. 유독 튼튼한 식물들을 골라 밖에 내놓다보니 잊어버리게 되는 것도 있다. 그래도 아레카야자만큼은 잊지 않고 계단에서도 최대한 바람의 영향을 덜 받는 곳으로 옮겨주었다. 다행히 아레카야자는 비바람이 지나간 후에도 무화과, 스킨답서스와 함께 무사히 자리를 지키고 있었다.

그런데 한 가지 이상한 것이 눈에 띄었다. 아레카야자의 화분에 아레카야자의 것이 아닌 잎 세 장이 떨어져 있었다. 자세히 보니 작은 다육식물의 잎이었다. 우리 집 근처에는 다육식물을 바깥에 두고 키우는 사람이 아무도 없는데, 어찌된 일일까. 아랫집의 홍콩야자를 빼면 딱히 가까이 지내는 식물도 없는데, 이 잎들은 대체 어디서 날아온 걸까.

아빠와 나는 외출하거나 바깥 식물들에 물을 주러 나갈 때마다 그 잎들이 어떻게 변했는지 확인했다.

"얘네 여기서 자라는 것 같은데?"

아빠의 목소리가 조금 들떠 있었다.

신기한 마음에 들여다보니 정말로 한쪽 끝에서 새 싹들이 돋아나고 있었다. 바닥에 붙어 있는 잎을 손가락으로 살짝 밀었더니, 조금 밀리는 듯하다가 다시 제자리로 돌아왔다. 벌써 뿌리를 내린 게 분명했다. 아레카야자가 자라던 흙은 상토였고, 혹 상토가 아니더라도 기껏해야 배양토가 조금 섞여 있는 정도였을 것이다. 이런 환경에서 다육식물이 자란다니 내 상식으론 도무지 이해가 되지 않았다. 그렇다고 이미 제 집 마냥 뿌리를 내리고 뻔뻔하게 자라고 있는 다육이들을 강제로 뽑아 내칠 수도 없는 노릇이었다.

이내 다시 비가 내린다는 소식이 들렸다. 다육이들이 지금껏 저런 흙에서 비바람을 다 견디며 자랐다곤 하지만 더 이상 비를 맞게 둘 순 없었다. 이 아이들을 어떻게든 집으로 들여놔야 했다(다육이들은 물을 많이 주면 안 되는 식물이니). 하지만 화분을 통째로 들여놓기에 아레카야자는 밖에서 이미 너무 잘 자라고 있었고, 실내도 공간이 부족했다. 새로운 화분에 따로 옮겨주는 것밖에는 방법이 없었다.

집에 남아 있는 플라스틱 포트 말고 좀 더 예쁜 화분을 찾고 싶었다. 안타깝게 생을 마감한 작은 마삭나무 한 그루와 잘 자라다 갑자기 잎이 전부 시들어버린 대문자초 두 개가 남긴 화분이 마침 눈에 들어왔다.

　　화분은 찾았으니 됐고, 흙은 어떻게 할까. 다육이를 길러본 적이 없으니 적합한 흙이 있을 리 없었다. 남아 있는 거라곤 기껏해야 배양토와 상토, 지렁이 분변토 정도였다. 하긴, 이미 상토에 자리를 잡아버린 녀석들인데 이제 와서 흙이 뭐가 중요할까. 이상한(?) 흙에서도 씩씩하게 잘 자라왔으니 앞으로도 문제없겠지.

　　나는 아레카야자 화분에서 조심스레 다육이들이 자라고 있는 흙을 파내 집으로 들고 올라왔다. 확보해 둔 작은 화분에 상토와 배양토를 대충 섞어 넣고 파온 다육이들을 올리니 그럴싸했다. 그렇게 다육이들과의 동거가 시작됐다.

　　이 황당한 다육이들은 몇 달간 무럭무럭 자라더니 부쩍 더 통통해졌다. 화분에 옮겨 심을 때 나 있었던 처음의 잎들은 비록 쪼그라들었지만, 꽃처럼 가지런히 펼쳐지는 통통한 잎들 사이로 작은 새잎 여러 장이 금세 돋아났다. 내 방 화분걸이에서 두어 번 더 비를 맞는 일도 있었지만, 다행히 지금까지 무탈하게 잘 자라고 있다. 물은 지금처럼 분무기로 가끔 흙을 적셔주는 정도면 충분한 것 같다.

　　누군가 밖에 두고 기르던 다육이의 잎이 강풍에

휩쓸려 날아온 건지, 그게 아니라면 어쩌다 우리 집에
오게 된 건지 모르겠지만, 어쨌든 의문의 다육이들은
내 방 창가를 지키는 작고 아담한 수호신이 되었다. 이
아이들 옆엔 친구가 생일선물로 준 '문샤인'이라는 다
육이도 함께 있다.

　　그러고 보니 한때는 크고 듬직한 파키라가 내 방

을 은은히 품어주곤 했었지. 파키라가 떠나 휑했던 창가가 다육이들 덕에 오밀조밀해졌구나.

## 레몬

집 안에 화분 놓을 자리가 마땅치 않다. 이제 추가로 화분을 들이는 건 무리지 싶다. 그래도 새로운 식물을 기르는 일을 포기할 순 없어서, 씨앗을 직접 발아시켜 길러보기로 했다.

첫 타자는 레몬 씨앗. 평소 다양한 요리에 레몬을 활용하는 편이라 친근하게 느껴진 것 같다. 마트에서 사온 레몬을 굵은 소금과 베이킹소다, 식초를 이용해 박박 씻었다. 수입산 레몬은 농약이 다량 살포되어 있어 꼼꼼히 씻는 게 좋다고들 한다.

만드는 요리에 레몬 껍질을 살짝 갈아넣고 즙까지 야무지게 짜낸 뒤 마지막으로 씨앗을 모두 꺼내 준비를 마쳤다. 다행히 유튜브에 관련 동영상이 있어 어렵지 않았다. 작은 접시에 키친타월 한 장을 접어 깔고, 물을 적셔 씨앗을 올리면 끝. 싹이 날 때까지 기다리기만 하면 된다.

놀랍게도 얼마 지나지 않아 네 알의 씨앗에서 싹이 났다. 씨앗 단계부터 길러보는 건 처음이라 당황스러웠지만, 흙에 옮겨주기만 하면 되겠다 싶어 씨앗을 정성스레 화분에 심었다. 집에 있는 흙이라곤 배양토와 마사토가 전부였다.

이때만 해도 나는 배양토를 그저 영양분 많은 흙 정도로 알고 있었다. 배양토에 심은 식물에 물을 너무 많이 주면 뿌리가 녹아버릴 수도 있다는 사실을 나중에 로메인 상추를 기르며 배웠다. 흙이야말로 식물이 자라는 가장 중요한 토대인데, 그걸 뒤늦게야 깨닫다니.

그래도 씨앗이 발아하는 데 배양토가 꽤 적합했던 모양인지 레몬 씨앗 세 알에서 튼튼한 싹이 나왔다. 또 다른 화분에 심은 두 알도 꾸준히 자라 큰 잎을 피워냈다. 더 작은 화분에 심은 다른 두 알 중 하나는 잘 자라나 싶더니 이내 죽어버렸고, 남은 한 알은 다행히도 튼실하게 자랐다.

여름이 되자 두 레몬나무의 가늘었던 줄기는 꽤 굵고 단단해졌다. 처음부터 잘 자랐던 이 둘은 별 걱정이 없었지만, 나머지 하나가 걱정이었다. 색깔이나 형태는 비교적 괜찮아 보였지만, 다른 둘보다 자라는 속도가 한참 느렸다. 초창기부터 꽤 오래 새싹 단계에 머물러 있었던 데다 초여름까지만 해도 새싹이 약간 더 자란 정도였으니.

결국 그 레몬은 가을을 맞이하지 못했다. 소나기라고 할 수도 없을, 스콜에 가까운 비가 여러 차례 쏟아진 괴이한 날씨 탓이었을까. 2020년 여름의 날씨는 정말이지 종잡을 수 없었다. 노아가 방주를 띄워야 했던 때보다 긴 장마철이 이어진 것만 같은 느낌. 먹구름이 해를 집어삼키는 이런 날씨는 아직 자리를 잡지 못한 식물들에게 너무도 가혹했다. 햇빛이 꽤 잘 드는 집이라 식물용 LED를 구비할 생각을 하지 못했는데, 아무래도 그때 그 레몬나무에게 LED 하나쯤 쪼여주었더라면 좀 더 나았겠다는 미련이 든다.

쏟아지는 빗물도 문제였다. 화분걸이에 놓인 레몬나무들은 무방비로 비를 맞았다. 쑥쑥 잘 자라면 좋겠다는 마음으로 화분걸이에 놓은 것인데, 그토록 괴팍한 날씨엔 인간의 이런 정성도 별 쓸모가 없는 모양이었다. 가장 작은 레몬나무를 담고 있던 화분은 유독 물이 잘 안 빠졌다. 통풍이 덜 되더라도 실내로 들여 비를 피하게 할지, 계속 화분걸이에 두고 비 올 때만 들여놓을지 한참을 고민하다 결국 실내에 들여놓는 쪽을 택했다. 작은 레몬나무가 수몰되는 것을 더 이상 두고볼 순 없는 노릇이었다.

그 레몬나무는 이제 없다. 조금씩 생기를 잃더니 결국 생을 다했다. 여름을 무사히 견뎌낸 나머지 둘을 보며 가끔 그 작은 나무를 생각한다. 같은 실수를 되풀이하지 않으려 나무를 수시로 들였다 내놓았다 한다.


## 방울토마토

레몬도 레몬이지만, 방울토마토 씨앗은 특히 더 잘 자랐다. 잘 기를 수 있게 되기까지 크고 작은 시행착오를 거치긴 했지만.

방울토마토는 식물 기르기에 재미를 붙인 내게 엄마가 가장 먼저 제안한 식물이었다. 먹을 수 있는 식물을 길러야 한다는 엄마의 주장에 공감했지만 나의 우선순위는 언제나 허브였다. 그렇게 방울토마토는 늘 후순위로 밀렸다.

엄마가 방울토마토를 '방토'로 줄여 부르며 어필하던 몇 달 새 바질은 쑥쑥 자라났다. 아무래도 방토에 마음이 쓰였다. 저렇게 먹고 싶다는데 하나쯤 키워봐야 하지 않을까? 심심할 때마다 한 번씩 따 먹으면 얼마나 좋겠냐는 그 바람을 이뤄줄 때도 됐지.

아빠와 나는 여느 때처럼 서오릉 화훼 단지로 향했다. 이번에는 평소보다 좀 더 아래쪽으로 내려갔다. 아래쪽엔 분재보다 꽃과 허브 등을 전문으로 하는 가게가 훨씬 더 많은 듯했다. 원래 사기로 한 로메인 상추를 둘러보고 분재도 구경하다보니 시간 가는 줄 몰랐다. 진짜 레몬이 열린 작은 레몬나무를 보면서는 우리 집에 있는 두 녀석의 미래를 그려보기도 했다.

마땅한 로메인 상추를 찾지 못해 방황하던 그때 방울토마토를 발견했다. 가게 주인은 곧 열매들이 떨어질 때가 되었다며 경고했지만 그래도 자신이 있었다. 열매가 족히 열 알은 되는 데다 줄기도 꽤 튼튼해서 무사히 겨울을 넘기겠거니 한 것이다. 보란듯 잘 길러서 코를 납작하게 해주고 싶은 마음도 있었다. 결국 바질 네 뿌리와 함께 녀석을 데려가기로 했다. 엄마가 좋아할 거야.

막상 방울토마토를 기르려니 내 마음 같지 않았다. 무엇보다 경험이 부족했다. 방울토마토도 처음인데다 흙도 처음 다루는 종류라 조심스러웠다. 물은 간혹 한 번씩만 주면 된다고 들었는데, 그것도 환경에 따라 달라질 수 있는 문제라 결정을 내리기가 쉽지 않았다. 갈팡질팡하던 사이 베란다에 있던 방울토마토 나무의 잎들은 점점 생기를 잃어갔다.

식물의 상태가 좋지 않을 때 아빠와 나는 최후의 방법으로 식물을 아예 실외로 내보낸다. 방울토마토 화분도 어쩔 수 없이 그렇게 해야 했다. 집 앞 화단으로 자리를 옮긴 방울토마토 화분은 그렇게 마음에서도 멀어졌다. 우리의 무관심 속에 하나둘 열매가 지고, 잎도 전부 시들었다.

방울토마토를 잊고 지낸 지 한참이 지난 어느 날, 마트에서 사온 방울토마토를 먹는데 퍼뜩 이런 생각이 들었다.

'방울토마토 안에 씨앗이 이렇게 많은데, 왜 이걸 심을 생각을 못 했지?'

그 즉시 방울토마토 한 개를 집어 반으로 가른 뒤 반쪽 면에서 나온 씨앗을 전부 긁어내 레몬 씨앗 때와 같은 방법을 시도했다. 순식간에 발아된 씨앗들은 하루가 다르게 쑥쑥 자라났다. 얼마나 잘 자라던지 하루 중에도 새싹의 길이가 눈에 띄게 달라졌다.

우리는 그 씨앗들을 여러 개의 포트에 옮겨 심었다. 그렇게 심은 방울토마토가 몇 개였는지 지금은 기억조차 나지 않는다. 그 작은 방울토마토 반 개에 든 씨앗만으로도 창가가 비좁아졌으니. 특이하게도 줄기에서는 한식 요리의 대미를 장식하곤 하는 초록색 고추향이 났고, 잎들은 햇빛을 조금이라도 더 받겠다며 창가 쪽으로 몸을 기울였다. 유튜브를 보고 페트병으로 만든 자동 급수 화분에도 방울토마토 씨앗 세 개를 심었다. 화단으로 자리를 옮겨주니 녀석들은 무시무시한 속도로 자라기 시작했다.

방울토마토는 지금도 여전히 잘 자라고 있다. 놓을 자리가 부족해 대부분 화단으로 옮겼다. 그러자 놀랍게도 사실상 방치했던 방울토마토 화분에서도 새싹이 돋아났다. 떨어진 열매에 씨앗이 들어 있었던 것일까? 확실친 않았지만 집에서 발아시킨 것과 달리 낮은 줄기와 넓고 풍성한 잎을 가지고 있었다. 집에서 발아시킨 것은 (뿌리의 길이나 양 대비) 줄기가 높고 길게, 튼튼하게 뻗어 올라갔지만 잎은 드문드문하고 곁가지도 약했다. 누가 봐도 다른 종이라는 걸 알 수 있었다.

일단 심으면 어떻게든 되겠지?

레몬과 방울토마토 발아에 성공한 우린 씨앗만 보

면 혈안이 되어 달려들었다. 꼭 성공할 거라는 기대를 버리고 그냥 한번 부담 없이 해보자는 마음이었다. 혹시라도 감당 못할 만큼 많이 발아하면 몇몇은 바깥에 심거나 친구에게 나눠줄 수도 있으니.

자두는 정말 아쉽게 실패했던 터라 특히 더 기억에 남는다. 꽤 도톰한 싹을 틔웠으나, 뿌리가 녹아 죽어버렸다. 배양토에 물을 너무 많이 주면 안 된다는 사실을 절감했던 것도 이맘때였다. 흙이 너무 축축한 상태로 유지되면 벌레가 꼬이거나 뿌리가 녹아버릴 수 있다. 이 자두로 말할 것 같으면 오랫동안 냉장고에 처박혀 있던 터라 딱히 기대가 없던 씨앗이었다. 기적처럼 싹을 틔운 것이 너무도 기특하고 고마웠는데, 죽고 만 것이다.

아빠도 아쉬운 마음이 들었는지 다음에는 꼭 잘해보자며 인터넷을 뒤지며 정보를 모았다. 이번엔 집에 한가득 있던 체리를 먹고 씨앗을 수집해보기로 했다. 체리 씨앗은 체리가 원래 자라는 시기를 고려해 냉장고에 한 달 정도 보관해야 하며, 그 후 씨앗을 과산화수소로 씻어서 심는 것이 좋다고 한다. 그러나 우리가 심은 체리 씨앗은 흔적도 없이 사라져버렸다(축축한 배양토 때문인지 과산화수소 때문인지 지금도 잘 모르겠다).

하지만 우리는 포기하지 않았다. 꼭 심기 위해 먹는 사람들마냥 씨앗을 보는 족족 심을 궁리부터 했다. 며칠 전 맛있게 먹은 복숭아도 그냥 지나칠 수 없지. 될지 안 될지 알 순 없지만 우선 시도해보자는 걸 신조로 삼았다.

휘몰아치는 일 폭풍에 한동안 씨앗의 존재를 잊고 지냈는데…….

"희제야, 싹 났다. 싹이 났어!"

잔뜩 들뜬 아빠의 목소리에 창가로 달려갔다. 그때까지만 해도 그게 복숭아라곤 생각지 못했다. 작은 플라스틱 포트에 뾰족한 초록색 잎이 빼꼼히 올라와 있었다. 복숭아란다. 깜빡 잊고 있던 나와 달리 아빠는 내내 기다리고 있었던 모양이다. 이번에는 다행히 배양토에서 잘 살아남아 싹까지 틔워냈다.

복숭아는 그야말로 '폭풍 성장' 중이다. 짧은 줄기 하나에 이파리 너덧 개가 전부였던 이 복숭아는 이제 서른 개는 족히 될 이파리를 뽐낸다. 줄기도 몇 배나 더 길어졌는지 모른다. 수직으로 곧게 뻗어 올라가기보다 좁고 긴 이파리를 사방으로 펼쳐내며 성장하는 모습이 보면 볼수록 신기하다.

## 솔방울

자신감이 붙은 우리는 또다시 다음 대상을 찾았다. 아빠가 소나무를 떠올렸다.

꽤 많은 나무를 길러봤지만 소나무는 처음이었다. 그도 그럴 것이 운치가 좀 있다 하는 소나무 분재는 너무 비싸다. 그렇다고 작은 걸 사자니 어딘가 허전하고. 역시 소나무라면 굽이굽이 자라 정원을 지킬 정도가 돼야 하는데, 그런 소나무를 기르려면 정원 있는 집부터 사야 하니…….

그래서 생각한 게 씨앗이었다. 씨앗을 심어서 자라면 길러보고 아니면 말자. 코로나19가 대유행하기 전, 마스크 없이 편하게 캠퍼스를 거닐던 때에 나는 솔방울 몇 개를 주워본 적이 있다. 그때만 해도 솔방울에서 씨앗을 발견하지 못했다. 아마 내가 소나무 씨앗의 생김새를 몰라서였을 것이다. 이번엔 달랐다. 아빠가 소나무 씨앗 찾는 법을 정확히 알고 있었기 때문이다.

일정한 간격으로 벌어져 있는 솔방울 사이사이에는 아주 얇은 곤충 날개 같은 것이 있다. 그 날개 끝에 씨앗이 달려 있는데, 실제로 그게 씨앗이 바람을 타고 멀리 날아갈 수 있도록 날개 역할을 한단다. 바로 그

'날개'부터 찾아야 했다. 하지만 코로나 때문에 외출이 불편한 시점에 일부러 솔방울을 찾으러 나갈 일은 별로 없었다.

그러던 어느 날 가족끼리 북악스카이웨이로 드라이브를 나가게 됐다. 여기는 차와 자전거로 북적대지만 행인은 적은 편이다. 운동기구가 밀집해 있는 산책로 부근에 차를 댄 우리는 산책하며 솔방울이 없는지 이곳저곳 헤집고 다녔다. 하지만 소득이 없었다. 강풍으로 너무 일찍 떨어졌거나 이미 벌레가 파먹은 솔방울들이 대부분이었다. 솔방울 안에서 하얀색 애벌레를 발견할 때면 온몸에 소름이 확 끼쳐 얼른 내려놓았다.

그날은 그렇게 별 소득 없이 돌아왔다. 좀 더 시간이 지나 솔방울이 떨어질 날에 다시 오기로 했다. 드디어 돌아온 2차 시도의 날, 이번엔 인적이 뜸한 곳에 차를 댔다. 바닥에 떨어진 솔방울은 드물었지만, 소나무에는 꽤 많이 달려 있었다.

주변에 지나가는 행인이 없는지, 사람 사는 집은 없는지 둘러본 후에 솔방울을 향해 돌멩이를 던졌다. 세게 던지니 방향이 틀어져서 맞지 않았고, 정확히 조준하려니 힘이 덜 실려 떨어질 듯 좀처럼 떨어지지 않았다. 바닥에 떨어진 큰 나뭇가지나 정체 모를 온갖 물

체들로 나뭇가지를 때려보기도 했지만, 여러모로 충분히 힘을 싣기 어려운 조건이었다. 나뭇가지는 쉽게 부러졌고, 내 키는 너무 아담했다. 그렇게 한참을 하찮게 뛰며 팔을 휘적대니 숨은 숨대로 차고, 목덜미와 이마, 등도 땀범벅이 됐다. 몸을 쓰며 한바탕 개운하게 땀 흘린 게 얼마나 오랜만이었던지! 솔방울도 따고 운동도 할 겸 자주 와야겠구나.

겨우 한숨을 돌리고 지난번 갔던 곳을 다시 찾았더니, 상태 좋은 솔방울들이 그새 가득 떨어져 있었다. 안쪽에 날개를 품고 있는 것들은 대체로 진갈색이 아닌 옅은 붉은빛을 띤다는 공통점이 있었다. 그 빛깔을 집중적으로 수색한 끝에 날개가 보이는 솔방울을 많이 건질 수 있었다. 아, 이번에야말로 소나무다.


## 계속되는 기다림

솔방울을 가득 담아 돌아오며 '소나무 씨앗 발아 방법'을 검색했다. 특별한 방법이랄 것 없이 마찬가지로 키친타월을 사용하면 되는 듯했다. 키친타월 위에 씨앗을 올리는 방법이 기본 중의 기본이라면, 좀 더 응용해 씨앗의 종류나 기온, 공간의 온도나 습도에 따라 키친타월에 올린 씨앗을 다시 젖은 키친타월이나 흙으로 한 번 더 덮어주기도 한다.

아빠는 또 다른 방법도 염두에 두고 있었다. 솔방울에서 씨를 굳이 빼내지 않고도 벌어진 솔방울 사이로 흙을 얹어 싹을 돋울 수도 있단다. 뿌리가 엉킬 위험이 있어 보였지만, 막상 씨앗 선별을 해보니 양이 워낙 넉넉해 두 방법 모두 시도해보기로 했다.

희한하게도 어떤 씨앗은 희고 어떤 씨앗은 검었다. 튼튼한 겉모습과 달리 살짝만 눌러도 바스라지는 씨앗도 제법 있었다. 속은 텅 비어 있고, 사실상 껍질만 남은 상태였다. 처음에 나는 검은 씨앗을 썩은 씨앗으로 지레짐작했는데, 막상 보니 그렇지 않았다. 색과 관계없이 속이 텅 빈 씨앗도 있었지만, 대개는 흰색 씨앗이 더 쉽게 바스라졌다. 괜히 멀쩡한 씨앗까지 망가뜨릴까 싶어 겉보기에 괜찮은 씨앗을 흙이나 키친타월로 덮어두었다.

들던 대로 소나무 씨앗의 발아율은 꽤 낮았다. 키친타월에 올려둔 씨앗 중 딱 하나에서만 싹이 났다. 내가 뭘 잘못한 건지, 가져온 씨앗에 문제가 있었는지 도통 알 수 없었다. 애초 속이 비어 있던 것도 있었지만,

(이유를 알 수 없이) 반응이 없는 것도 있었다. 그래도 하나쯤 싹이 났다는 사실이 위안이 됐다. 다른 씨앗도 아니고 소나무니까!

하지만 조금 더 해보고 싶었다. 기왕 심을 거 제대로 해보자 마음먹고, 3차 시도를 하기로 했다. 같은 장소를 찾아 또다시 솔방울을 주웠다. 방송사의 촬영 차량과 검은 벤 몇 대가 주차된 것을 보니 괜히 조바심이 났다. 인파가 몰리기 전에 재빨리 주워야 했다. 소나무가 아무리 귀하다 한들 코로나 시대에 살아남는 것보다 중하진 않으니. 2차 시도 때 했던 붉은빛 감별법으로 날개 품은 솔방울 여러 개를 주울 수 있었다. 그새 능숙해진 건지 얼핏 보고도 꽤 괜찮은 솔방울을 골라냈다.

주워온 솔방울 다섯 개쯤에서 쓸 만해 보이는 씨앗 열두 알을 건졌다. 다른 씨앗들은 대부분 핀셋과 손가락의 힘을 견디지 못하고 바스라졌다. 씨앗을 찾기 위해 솔방울을 한참 만지작거리니 어느새 손 전체에서 솔향이 가득 묻어났다. 진한 솔향이 선별 작업을 하며 느낀 피로를 말끔히 씻어주는 듯했다(민트초코만큼이나 호불호가 극명히 갈린다는 그 '솔의 눈'도 좋아하는 사람이 바로 나다).

1, 2차 시도 때 실패한 씨앗을 버리고 새 키친타월

을 갈아 아직 싹이 나지 않은 지난번 씨앗과 새로 선별한 씨앗을 함께 올렸다. 조그마한 싹을 틔워 올린 단 하나의 씨앗마저 그새 힘을 잃고 불투명한 미래를 내다보는 듯했다. 다시 시작된 기다림의 시간.

소나무 씨앗들은 오랫동안 잠잠했다. 기약은 없지만 무작정 기다리기로 했다. 어떻게 자랄지는 아직 알 수 없지만, 어떻게든 자랄 테니까. 안 자라면 또 (솔방울) 주워오면 되지 뭐. 애타는 내 마음을 읽기라도 했는지 방울토마토 새싹을 틔워냈던 자동 급수 화분에서 뿌리가 하나 났다. 이뿐만이 아니다. 키친타월 위에 흙을 덮어 습도를 유지하던 곳에도 뿌리가 생겼다. 뿌리가 붙어 있는 부분의 키친타월을 잘라내 자동 급수 화분으로 옮겨주었다.

소나무는 뿌리가 먼저 나오고, 그다음에 씨앗이 갈라지며 잎이 나오나보다. 아니나 다를까, 시간이 조금 지나니 줄기가 길어졌다. 흙에 뿌리를 뻗어낸 씨앗이 이제는 잎을 내려는 모양인지, 길어진 줄기의 끝에 달린 씨앗 아래로 실처럼 가는 초록색 잎들이 가지런히 모이기 시작했다. 며칠 뒤 씨앗은 사라지고 가늘고 뾰족한 잎 여섯 장이 펼쳐졌다. 이런 싹은 처음이었다.

소나무는 다른 씨앗들보다 유독 반응이 느렸다.

씨앗 두 점이 한참 만에 뿌리를 내렸으나, 씨앗이 있는 솔방울 위에 흙을 덮어 물을 꾸준히 뿌려준 곳에서는 아무런 반응이 없었다. 그래도 나는 여전히 기다린다.

아빠는 그새 또 어디선가 은행을 주워와 열과 성을 다해 깠다. 역시나 먹고 남은 것을 심기 위해서. 은행을 까다가 과육이 얼굴에 튀어 며칠씩이나 피부가 울긋불긋 부어오르는 고생을 치렀다. 딱딱한 껍질을 깨느라 그 고생을 했는데, 싹이 나려면 몇 달은 있어야 한다나. 에라 모르겠다, 기다리고 또 기다릴 수밖에.


## 식물 기르는 게 곧 친환경이라니?

6월 5일 환경의 날에 맞춰 진행된다는 캠페인 소식을 들었다. "자연의 공간을 늘려보자"는 취지의 행사로, 자신이 기르고 있는 식물을 인증하기만 하면 된다고 했다.

나는 이 행사의 내용과 취지에 적잖이 당황했다. 집 밖 어딘가에 직접 나무를 심어 꾸준히 돌보는 일도 아니고, 기르는 식물을 단순히 사진 찍어 '인증'하는 게 무슨 의미가 있다는 걸까.

지구라는 행성의 존립 자체가 위협받고 있는 요즘 같은 시대에 식물 기르기는 꽤 괜찮은 취미로 대접받는 것 같다. 하지만 정작 현실은 그렇지 않다. 식물을 담고 있는 얇은 플라스틱 포트만 해도 그렇다. 식물을 화분에 옮겨 담는다 해도 새로운 식물을 들일 때마다 플라스틱 포트는 계속 생긴다. 물론 포트는 재사용이 가능하고, 나 역시 그렇게 하려고 노력하는 편이긴 하지만, 어쨌든 내가 식물과 함께 플라스틱 또한 사고 있다는 사실만큼은 변하지 않는다.

게다가 요즘처럼 택배로 식물을 사고팔 때는 더 많은 쓰레기가 발생한다. 식물은 기본적으로 위아래가 정해진 품목인 데다 흙과 물을 포함하고 있기 때문에 상자 안에서 뒤집히거나 움직여선 안 된다. 그래서 식물을 고정하려면 수십 장의 신문지와 완충용 뽁뽁이, 굵은 철사 같은 것들이 필요하다. 허브 하나를 주문하면 허브의 두세 배는 족히 넘는 종이와 플라스틱 쓰레기가 배출된다. 그중 재사용되는 비율이 얼마나 될까.

흙과 비료 역시 대체로 플라스틱에 담겨서 판매된다. 살충제도 마찬가지다. 이 시대의 소비 대부분이 그렇듯, 식물 하나를 살 때도 우리는 온갖 쓰레기를 함께 들이게 된다. 식물을 기른다는 사실을 그저 인증하는 것이 환경의 날을 맞아 기획된 캠페인의 일환이라니, 허탈하고 난감하기 짝이 없었다.

나부터도 종종 식물을 구매한다. 물론 전보다 소비를 줄이긴 했지만, 솔직히 말해 그건 환경을 걱정해서라기보다 집에 식물을 들일 공간이 부족해졌기 때문이다. 내가 먹은 과일에서 씨앗을 구해 발아시키면서부터는 자연스레 환경을 의식하게 됐다. 이런 식으로 하면 새로운 식물을 길러보고 싶은 호기심을 충족시키면서도 쓰레기를 조금이라도 더 줄일 수 있을 테니까.

동네 길목에서 주운 잘린 나뭇가지를 화단에 심어 새로 뿌리를 뻗게 해봤을 때, 즉 삽목을 시도했을 때도 비슷한 마음이었다. 내가 벌인 일의 모든 책임을 이 행성에 전가하는 삶의 방식을 조금이라도 바꾸고 싶다는 바람. 그런 변화가 새 생명을 틔워내는 데 관여하는 즐거움과 맞물려 일어날 수 있다고 생각하니 조금 뿌듯하기도 했다.

이제는 '식물'과 '친환경'을 같은 말로 이해할 수 없는 시대가 되어버렸다. 둘을 아무렇지 않게 연결하면서 식물을 낭만화하는 사고방식은 어쩌면 자연과 문명이 단순한 대립 관계에 있다는 거친 아이디어에서 비롯되는 것일지도 모르겠다.

하지만 그럼에도 이것은 여전히 하나의 가능성일 수 있다. 식물을 기르면서 자연을 떠올리고, 그러면서 환경 문제를 좀 더 가깝게 느낄 수 있게 되는 것도 엄연한 사실이기 때문이다. '디보티'의 경우처럼, '낭만화'에서 시작된 관계라고 해서 더 깊고 진지한 방향으로 나아가지 못하리라는 법은 결코 없다. 어쩌면 식물을 기르는 일 역시 마찬가지 아닐까. 단순한 취미든 '친환경'을 실천한다는 다소 나이브한 믿음이든, 막상 식물과 오랜 시간을 함께하다보면 어느새 스스로와 환경의 관계를 진지하게 성찰하고 있는 자신을 발견할지도 모를 일이다.

진짜 중요한 건 우리가 식물과 어떤 관계를 맺는지, 어떤 태도로 식물을 대하는지 같은 것들이다.


시월의 벚꽃

내가 다니는 학교 부근에는 유난히 벚꽃나무가 많다. 매년 4월이 되면 거리에 꽃잎이 흩날린다. 특별히 벚꽃 축제를 찾아다니는 편은 아니지만, 하늘하늘 흔들리는 벚꽃을 보고 있으면 나도 모르게 기분이 몽글몽글해진다. 친구들 사이에선 벚꽃의 꽃말은 중간고사라느니 하는 식의 낭만을 깨는 농담들이 떠돌곤 하지만.

그런데 신기하게도 (똑같은 환경에서 자라는데도) 시월에 피는 벚꽃도 있다고 한다. 벚꽃이라면 당연히 4월에 펴야 한다는 통념을 의식하기라도 한 듯, 그 꽃의 이름은 '시월벚'이다. 공식적인 명칭이라기보다 식물을 기르는 이들 사이에서 흔히 통용되는 애칭인 것 같다.

나는 시월벚을 서오릉 사장님 가게에서 처음 봤다. 사장님이 어느 날 뜬금없이 선물이란 걸 주셨는데 그게 우리의 첫 대면이었다. 가느다란 가지를 작은 원통형 화분에 삽목해서 기른 녀석이었다. 선물인 줄로만 알았는데, 알고 보니 숙제였다. 그 녀석의 꽃을 무사히 피워서 데려오면 다른 식물을 하나 더 선물로 주겠다며 사장님이 내기 아닌 내기를 걸었다. 공짜로 받은 녀석을 잘 기르면 또 공짜가 생긴다니, 이런 기회를 놓칠 순 없지. 그날로 시월벚은 우리 식구가 되었다.

하지만 상황이 내 뜻대로 흘러가지 않았다. 분명히 잘 관리했다고 생각했는데, 잎들이 점점 시들시들해지더니 하나둘 떨어지기 시작한 것이다. 햇볕이 가장 잘 내리쬐는 창가에 두고 물도 매일 주었는데 뭐가 문제인 걸까. 결국 시월벚을 다시 사장님에게 데리고 갔다. 아무래도 우리 집 환경이 영 좋지 못했던 모양이었다. 아무래도 난방 때문에 건조해진 실내 환경이 문제였던 것 같다. 그때만 해도 두부 상자 방법을 미처 알지 못했다.

사장님으로 말할 것 같으면 누렇게 변한 나무에서도 푸른 잎을 틔워내는 사람이니 시월벚도 다시 살아 돌아오리라. 조금 혼이 나긴 했지만, 사장님은 시월벚을 흔쾌히 받아주었다. 나중에 상태가 좋아지면 그때 다시 가져가라고. 그렇게 계절이 바뀌고, 봄에 다시 찾은 시월벚은 힘 있게 가지에 붙어 있는 갈빛의 잎들과 사이사이 새로 돋아나는 초록색 잎들을 가득 품고 있었다. 역시.

그렇다고 해도 시월에 꽃을 볼 수 있을지는 여전히 미지수다. 9월에 다소 이르게 꽃봉오리를 맺었는데, 2020년 장마철의 비는 도무지 예측이 불가했다. 햇빛이 가장 잘 드는 화분걸이에 내놓은 시월벚은 갑자기 쏟아진 세찬 비를 맞았고, 그 때문에 꽃봉오리가 반쯤 뜯겨 나갔다. 아직 모양을 잡는다고 철사가 감긴 가지의 끝에서 통통하게 올라오던 꽃봉오리는 그렇게 허망하게 사라졌다.

며칠 뒤 기르던 나무의 줄기가 죽어서 사장님을

찾아갈 일이 생겼다. 양쪽으로 뻗어 올라오던 줄기의 한쪽이 통째로 죽어버린 것이다. 사장님은 알이 굵은 흰색의 분재용 비료를 줄기에 너무 가깝게 붙여두어서 나무가 '타버린' 거라고 했다. 비료를 흙의 가장자리에만 뿌려주어야 한다는 걸 확실히 배운 순간이었다. 시월벚 꽃봉오리가 떨어진 이야기를 전하니 아마 올해는 꽃을 보기 힘들 거라는 답이 돌아왔다. 일단은 내년 봄을 기다려볼 수밖에 없다고. 여러모로 아쉽고 허탈한 마음이 드는 날이었다.

그때의 실수를 딛고 이젠 시월벚이 잘 자라는 자리와 습도를 어느 정도 가늠할 수 있게 되었다. 나의 노력과 마음이 통한 걸까? 시월벚은 12월이 거의 끝나갈 무렵 결국 예쁜 꽃을 피워냈다. 갈빛 잎들 사이에 새하얀 꽃이 핀 풍경이 한겨울의 매서운 추위를 조금은 누그러뜨려주었다.

내년에는 봄에도 시월에도, 꼭 벚꽃을 볼 수 있었으면 좋겠다. 벚꽃을 볼 수 있는 시월이라니, 얼마나 아름답고 신비로울까.

# 식물원의 우리 할아버지

아주 오랜 옛날부터 할머니의 공간은 식물들로 복작거렸다. 인천 제물포에 살 적에 할머니는 옥상 가득 각양각색의 식물들을 길렀다. 사이사이 진딧물과 무당벌레가 기어다니던 게 아직도 기억이 난다. 할머니와 달리 할아버지는 식물에 별 관심이 없었다. 건강에 좋다는 알로에를 빼면 심드렁했다.

하지만 의외로(?) 할아버지는 식물원에서 숲해설가(혹은 "숲체험지도자"라고도 한다)로 일한 적이 있다. 내가 초등학교에 다닐 즈음이었을 것이다. 할아버지를 만나러 부천식물원에 간 적도 있었다. 아주 선명한 기억은 아니지만, 나무 한 그루 한 그루 가리키며 설명하던 할아버지의 모습과 식물원의 높디높은 천장, 나무에 걸려 있던 이름표 같은 것이 희미하게 떠오른다.

내가 식물을 기르는 일상을 글로 쓰고 있다고 이야기하자 할아버지는 내게 책 꾸러미들을 건넸다. 예전에 숲해설가 자격증을 따고 일할 때 사용한 책들을 모아둔 거라고 했다. 정갈하게 잘 보존된 책들에는 할아버지가 성실하게 공부한 흔적이 가득했다.

내가 알기로 할아버지는 공부를 멈춘 적이 없었

다. 예전에는 '곰피타'(컴퓨터)와 인터넷 사용법을 공부했고, 그다음엔 그 열정이 식물을 향했다. 할아버지는 늘 무언가를 공부하곤 했는데, 지압, 체질, 건강 등 분야에 한계가 없는 듯했다. 노인정에서 회장직을 맡으시나 구에서 노인들을 대상으로 하는 사업에도 적극적으로 참여했다. 할아버지가 보여준 숲해설 자료집에도 "대한노인회소사구지회 취업지원센터"라는 발행처가 적혀 있었다.

나는 할아버지가 모아둔 자료를 하나하나 읽었다. 대부분은 식물의 종류와 이름, 특징을 암기용으로 쭉 정리해놓은 인쇄물이었지만, 숲해설의 목적이나 숲해설가가 지녀야 할 태도, 식물과 사람의 관계를 이야기하는 대목에선 오래오래 마음에 새기고픈 문장들을 발견하기도 했다.

《부천식물원 숲이야기(숲해설 교육자료)》의 목차는 "숲해설가의 역할과 해설 방법"이라는 챕터로 시작한다. "바람직한 숲해설가의 10계명"이 나오는 부분에서 "항상 리더쉽을 발휘할 수 있어야 한다"는 문장에만 체크 표시가 되어 있는 게 참 할아버지답다 싶었다.

뒤이어 등장하는 "자연 해설의 6원칙"과 "숲해설가의 기본자세" "숲해설의 기법" "숲해설 목표" 부분에도 흘려보내기 아까운 이야기가 가득했다. 자연해설과 숲해설에서 중요한 것은 객관적 지식의 전달이 아니라, 해설가와 탐방객의 고유한 개성과 경험을 살려 자연과 인간의 관계를 이해하도록 만드는 것이라 한다.

무엇보다 숲해설과 자연해설을 경치를 보고 즐기는 관광과 차별화하는 부분이 인상 깊었다. 자연을 잠깐 스쳐 지나가는 경치쯤으로 소비하는 인간 중심주의를 내려놓고, 인간과 자연이 더불어 살아가도록 하는 공동체 의식을 다지는 활동이 아닐까 싶다.[23] 어쩌면 자신만의 고유한 경험과 문제의식을 벼리고 돌아오는 '여행' 같은 것일 수도 있겠다.

당시 할아버지는 부천에 살면서도 숲해설가 자격증을 따기 위해 서대문구를 오가곤 했다. 이때 받았다는 《숲 이야기》라는 작은 책자를 펼쳐보니 (개별 식물보다) 하나의 전체로서의 숲에 관한 이야기가 많았다. 페이지를 넘기던 나는 할아버지가 남긴 필기 앞에서 잠시 멈춰야 했다.

"식물도 동물과 다르지 안타"

특유의 각지고 선이 가벼운 글씨체였다. "나무와 풀의 차이"를 다루는 부분에 왜 이런 필기를 남긴 걸까. 이유는 알 수 없었지만 저 짧고 단순한 문장이 내 머릿속에 복잡하게 엉켜 있는 실타래를 순식간에 풀어버린 느낌이 들었다.

식물과 동물은 생장 원리를 포함해 여러 가지 측면에서 크게 다르다. 동물의 신체 일부가 절단되는 것과 식물의 잎이나 가지가 잘리는 것이 개체에 주는 영향은 분명 같지 않다. 하지만 식물과 동물이 다르다고 말할 때 그 구분법은 종종 동물의 우월함을 전시할 목적으로 쓰이는 것 같다.

식물과 동물의 무수한 차이들을 설명해주는 듯한 이 구분법은 정작 가장 중요한 공통점을 빠뜨린다. 인간은 동물은 물론 식물과도 관계를 맺으며, 그 관계에도 마찬가지로 책임과 고민이 따른다는 것. 따라서 반려동물에게 무엇이 필요한지, 반려동물의 더 나은 삶을 위해 인간이 무엇을 할 수 있을지 고민하듯, 반려식물과 관계를 맺을 때도 깊은 고민과 성찰이 필요하다는 것. 이 중요한 사실을 우리는 잊고 사는지도, 아니 아예 그런 생각조차 하지 않는지도 모른다.

할아버지의 필기 아래쪽에는 "우리는 서로를 필요로 하기에 하나이다"[24]라는 문장이 있었다. 산소와 이산화탄소를 교환하는 동물과 식물의 관계를 겨냥한 듯한, 이른바 '생물학적인 원리'를 근거로 하는 이 서술에서 나는 사람과 식물이 필연적으로 맺는 호혜적이고도 상호의존적인 관계를 본다.

이 문장을 한참 곱씹다가 "식물도 동물과 다르지 안타"는 할아버지의 필기를 나도 한번 따라 써본다.

봄을 기다리지 않을 도리는 없지만

이 책을 쓰기 시작한 지난여름 이후 우리 집의 반려식물들은 또 한 번의 사계절을 겪었다. 그중 몇몇은 모습이 많이 달라졌고, 또 다른 몇몇은 겨울을 견디지 못했다. 창가가 추워 따뜻한 곳으로 옮기면 햇빛을 받기 어려웠고, 따뜻한 곳에서는 습도 유지가 어려웠다. 식물용 LED를 살까도 고민했지만, 끝내 사지 않았다. 내 마음 깊은 곳에는 앞으로도 계속 식물들에게 '최대한 더 자연스러운' 환경을 만들어주고 싶다는 바람이 있는 것 같다. 기계를 조금이라도 덜 쓰려는 게 나 역시 여전히 자연과 문명의 이분법에 붙들려 있어서인 건지, 아니면 그저 식물에게 최적의 환경을 찾아주고픈 마음 때문인 건지 스스로도 알기 어려운 순간이 많다.

글을 쓰는 내내 반려식물과의 삶을 글로 담는 일이 한편으로 얼마나 불가능한 것인지 깨달았다. 매일같이 바뀌는 날씨와 집 안의 환경에 따라 식물들도, 식물들이 자리 잡은 흙도, 거기에 스민 물도 변했다. 빠르게 혹은 느리게 마르는 흙에 물을 주어야 하는 빈도도 수시로 달라졌다. 여유로운 날에는 정수기에서 천천히 물을 받아서 주다가도, 바쁜 날에는 급한 대로 수돗물을 받아 부어주고 일을 하러 나갔다. 집을 뜯어고치는 이웃이 있을 때는 환기가 어려워서 실내 공기가 탁했을 것이고, 급한 일이 생겨 온 가족이 3박 4일을 밖에서 보냈을 때도 식물들의 삶은 여느 때와 조금 달랐을 것이다. 한번 인쇄되면 그대로 붙들리는 글자들과 달리, 식물의 모습과 삶은 매 순간 달라진다.

시시각각 달라지는 식물들의 모습을 있는 그대로 바라보기란 쉽지 않았다. 나는 거의 항상 꽃이 다시 피길, 열매가 열리길, 잎이 더 나길 바랐다. 꽃과 열매가 없고 잎이 떨어지는, 흙이 얼어서 뿌리가 상하는 겨울이 얼른 끝나길 바랐다. 다시 식물들을 마음 편히 화분걸이에 올려 따뜻한 햇볕과 상쾌한 바람을 가득 받게 해주고 싶었다. 하지만 겨울을 금방 끝낼 도리 같은 건 없었고, 따뜻하고 햇빛이 충분히 들어오는 장소도 우리 집에는 없었다.

식물과 관계 맺는 방식을 고민하며 글을 썼지만, 당장 나는 이 아이들과 이번 겨울을 또 어떻게 보내야 할지도 여전히 잘 모른다. 아마 올해도 계속 반려식물과의 삶을 고민하겠지. 학기 내내 지난봄의 고민이 이어지고, 학기가 끝날 무렵부터는 지난여름의 고민이 바통을 이어받을 것이다. 가을에도, 겨울에도. 새로운 계절이 찾아올 때마다 비슷한 고민을 마주하겠지만, 그래도 나는 전보다 조금 더 많은 관계를 겪었고, 조금 더 많이 실패했고, 심지어 실패보다 성공을 조금 더 많이 경험했다. 막연하기만 했던 고민도 어느새 내 손과 맞닿는 흙과 풀에 한결 더 가까워졌다.

식물들과의 관계를 고민하게 되는 건 절체절명의 순간에서다. 식물들이 알아서 잘 자라는 봄 말고, 겨울처럼 식물들이 생명 자체를 위협받을 때, 여름처럼 물이 빠르게 마를 때, 가을처럼 내가 자주 아플 때, 오히려 그럴 때 나는 식물들과의 미래를 더 섬세하게 그려보게 된다. 그저 물을 주며 봄을 기다리기만 하지 않고 좀 더 적극적으로 나서서 할 수 있는 일들을 찾고, 뿌리가 완전히 죽어버린 식물을 떠나보내는 일에 조금씩 무뎌지려고 노력한다.

봄 아닌 계절이 얼른 지나가길 바라지만, 그럴 수 없다는 걸 잘 안다. 그래서 내가 물을 잘 조절해주지 못하는, 식물들을 제때 볕에 내어놓지 못하는 서투른 날들, 나와 식물과 에어컨과 보일러가 안전하게 함께하기 위해 더욱 부지런해져야 하는 날들을 고민한다. 그런 고민들을 놓지 않는다면 어설픈 반려인간과 반려식물들의 시간이 조금씩 조율되고, 우리가 서로의 다른 시간을 좀 더 존중하고 이해하게 될 거라고 믿는다.

그렇게 우리는 또 함께, 조금은 덜 어설프고 서투르게, 조금은 더 복잡하지만 노련하게 다음 겨울을 나게 될 거야. 봄을 기다리지 않을 도리는 없지만.

1    손승우, 《녹색동물》, 위즈덤하우스, 2017, 7쪽.

2    김도현, 《차별에 저항하라》, 박종철출판사, 2007, 169쪽.

3    Randy Scott, *Thesis: The Art of Bonsai*, UMI Company, 1997, pp. 2-3.

4    김도현, 《당신은 장애를 아는가》, 메이데이, 2007, 89쪽.

5    안희제, 《난치의 상상력》, 동녘, 2020, 274쪽.

6    서보경, 〈역량강화empowerment라는 사회과학의 비전〉,
     《경제와사회》 116, 2017년 겨울, 348쪽.

7    김원영, 《실격당한 자들을 위한 변론》, 사계절, 2018, 263쪽,
     강조는 인용자.

8    임이랑, 〈식물을 좋아하는 건 더 이상 촌스러운 게 아니야〉,
     《아무튼, 식물》, 코난북스, 2019, 55쪽.

9    김민정, 〈애완동물, 반려동물과 버려지는 동물, 인간소외〉,
     《문화과학》 76, 2013년 겨울; 이용숙, 〈가족으로서의 반려동물의
     의미와 반려동물로 인한 구별 짓기〉, 《한국문화인류학》 50(2),
     2017년 7월, 337~403쪽에서 재인용.

10   장유진, 〈목동 엄마들의 분재盆栽 만들기: 유아 사교육의 상황적
     구조와 한계〉, 《교육인류학연구》 17(1), 2014년 여름.

11   이용숙 외, 《인류학 민족지 연구 어떻게 할 것인가》, 일조각, 2012,
     259쪽.

**12**  김원영, 《실격당한 자들을 위한 변론》, 71쪽.

**13**  A. J. Cahill, "The Difference Sameness Makes: Objectification, Sex Work, and Queerness", *Hypatia* 29(4), 2014, pp. 844-845.

**14**  권김현영, 《다시는 그전으로 돌아가지 않을 것이다》, 휴머니스트, 234쪽.

**15**  〈애벌레 공격에 '위험해!'… 식물, 통증 신호 만들어 잎에서 잎으로 전달〉, 《조선일보》, 2018. 9. 20.

**16**  김초엽, 〈캐빈 방정식〉, 《시티 픽션》, 한겨레출판, 2020, 279쪽.

**17**  홍수영, 《몸과 말》, 허클베리북스, 2020, 43쪽.

**18**  이어령, 《축소지향의 일본인》, 문학사상, 2008, 189쪽.

**19**  다봄, 《인디언의 지혜와 잠언》, 다봄북스, 2020, 15쪽.

**20**  울리히 벡, 《위험사회》, 홍성태 옮김, 새물결, 1997, 143쪽.

**21**  김도헌, 〈늑대, 원주민, 꽃장식… K팝 위태롭게 만드는 선택들〉, 오마이뉴스, 2020. 10. 6.

**22**  '백수모델', 〈〈겨울왕국 2〉 엘사 & 안나, 아렌델과 노덜드라의 미래〉, 브런치(brunch.co.kr/@jk00405/21).

**23**  김혜순 외, 《부천식물원 숲이야기(숲해설교육자료)》, (사) 대한노인회 소사구지회 취업지원센터, 11쪽.

**24**  《숲 이야기》, (사) 대한노인회 서대문구지회 숲체험지도자클럽, 6쪽.

# 식물의 시간

**초판 1쇄 펴낸날** 2021년 5월 3일

**지은이** 안희제
**펴낸이** 박재영
**편집** 이정신·임세현·한의영
**마케팅** 김민수
**디자인** 조하늘
**제작** 제이오
**펴낸곳** 도서출판 오월의봄
**주소** 경기도 파주시 회동길 363-15 201호
**등록** 제406-2010-000111호
**전화** 070-7704-5018
**팩스** 0505-300-0518
**이메일** maybook05@naver.com
**트위터** @oohbom
**블로그** blog.naver.com/maybook05
**페이스북** facebook.com/maybook05
**인스타그램** instagram.com/maybooks_05

**ISBN** 979-11-90422-70-3 03810

**만든 사람들**
**책임편집** 임세현
**디자인** 조하늘